Η ΜΑΓΕΊΑ ΤΗΣ ΑΓΆΠΗΣ

Η ΜΑΓΕΊΑ ΤΗΣ ΑΓΆΠΗΣ ΒΙΒΛΊΟ 1

BETTY MCLAIN

Μετάφραση
NIKOLETTA SAMOILI

ΠΡΌΛΟΓΟΣ

"Ναι", συμφώνησε η Μάλι. Πήρε το χέρι που της άπλωσε και επέτρεψε να την τραβήξει στα πόδια της. Περπάτησαν πίσω, αργά, κρατώντας τα χέρια τους, απολαμβάνοντας το να είναι μαζί. Όταν σταμάτησαν και γύρισαν ο ένας απέναντι στον άλλο, ο Ντάνιελ έσκυψε μπροστά και έδωσε στη Μάλι ένα απαλό φιλί. Η Μάλι ένιωσε τα δάχτυλα των ποδιών της να κουλουριάζονται στην άμμο. Κοίταξε κάτω έκπληκτη.

"Δεν φοράω παπούτσια", είπε έκπληκτη. Κοίταξε τα πόδια του Ντάνιελ. "Ούτε εσύ έχεις".

Ο Ντάνιελ κοίταξε κάτω και χαμογέλασε. "Μάλλον δεν νομίζαμε ότι τα χρειαζόμασταν", απάντησε ο Ντάνιελ. "Όταν αποφάσισα ότι ήθελα να πάω στην παραλία, σκέφτηκα μόνο ένα παντελόνι και ένα πουκάμισο και ξαφνικά τα φορούσα. Ποτέ δεν σκέφτηκα τα παπούτσια μέχρι που τα ανέφερες".

"Ούτε κι εγώ. Αναρωτιέμαι μήπως έχουμε άμμο στα σεντόνια του νοσοκομείου μας". Η Μάλι γέλασε με τη σκέψη αυτή.

"Δεν το νομίζω. Νομίζω ότι είμαστε εδώ μόνο στο πνεύμα". είπε λυπημένος ο Ντάνιελ.

ΚΕΦΑΛΑΙΟ 1

Όλα τα μηχανήματα χτυπούσαν και έδειχναν κόκκινες τεθλασμένες γραμμές, καθώς η κυρία καθόταν στην καρέκλα δίπλα στο κρεβάτι. Κρατούσε σφιχτά το χέρι της κόρης της, η οποία ήταν συνδεδεμένη με τα μηχανήματα. Τα δάκρυα έτρεχαν στα μάγουλά της, αλλά δεν έκανε καμία προσπάθεια να τα σταματήσει, παρά μόνο ένα χτύπημα με το πίσω μέρος του χεριού της κάθε τόσο.

"Ω, Μάλι", φώναξε. "Γιατί έπρεπε να σου συμβεί αυτό;" Κοίταξε την όμορφη κόρη της, το πρόσωπο της οποίας ήταν μελανιασμένο από το ατύχημα. Η Μαλίντα επέστρεφε με το σκούτερ της από το μάθημα στο κολέγιο, όταν ένα αυτοκίνητο έστριψε στη γωνία και τη χτύπησε. Το νεαρό αγόρι, που οδηγούσε το αυτοκίνητο, δεν πρόλαβε να δει το σκούτερ μέχρι που ήταν πολύ αργά. Το αγόρι δεν τραυματίστηκε, αλλά η Μαλίντα έπεσε σε κώμα. Οι γιατροί έκαναν μια σειρά από εξετάσεις για να δουν πόσο σοβαρά είχε τραυματιστεί. Μέχρι στιγμής δεν υπήρχε τίποτα πειστικό.

Η νοσοκόμα μπήκε στο δωμάτιο για να ελέγξει τα μηχανήματα. Κοίταξε την Ντάνα Wilson που καθόταν στο πλευρό της κόρης της, κρατώντας το χέρι της και κλαίγοντας σιωπηλά. Κούνησε το κεφάλι της. Ένιωθε πολύ άσχημα για τη μητέρα της Μάλι. Είναι πάντα πιο δύσκολο για τους γονείς, ειδικά όταν ένα ατύχημα τους αιφνιδιάζει. Έβαλε ήσυχα ένα χέρι στον ώμο της μητέρας.

"Κυρία Γουίλσον, γιατί δεν κάνετε ένα μικρό διάλειμμα; Μπορείτε να περπατήσετε, ίσως να πάτε στην καφετέρια να φάτε κάτι". Η νοσοκόμα ενθάρρυνε.

"Όχι, είμαι μια χαρά." Η Ντέινα κάθισε πιο ίσια για να αποδείξει ότι ήταν καλά. Εκείνη τη στιγμή ένιωθε όλα τα σαράντα έξι της χρόνια.

Η νοσοκόμα αναστέναξε, αλλά δεν την πίεσε.

"Αν χρειαστείς κάτι, πες μου", απάντησε.

"Ευχαριστώ, θα το κάνω". απάντησε η Ντέινα.

Αφού έφυγε η νοσοκόμα, η Ντέινα άρχισε να σκέφτεται τη ζωή που είχαν ζήσει εκείνη και η Μάλι. Ήταν μόνο οι δυο τους και έτσι ήταν τα τελευταία δέκα χρόνια, μετά το θάνατο του συζύγου της, του πατέρα της ΜάλιΜάλι. Είχε την ατυχία να πέσει από έναν σωρό ξυλείας στην ξυλουργική αποθήκη όπου δούλευε. Έπεσε μπροστά σε ένα περονοφόρο ανυψωτικό μηχάνημα που πλησίαζε και τον πάτησε. Πέθανε αργότερα στο νοσοκομείο από εσωτερικά τραύματα. Ακόμα και με τα χρήματα της ασφάλειας, ήταν ένας αγώνας για να τα βγάλει πέρα μερικές φορές. Η Ντέινα ήταν διευθύντρια γραφείου σε ένα τοπικό κτηματομεσιτικό γραφείο. Ο Μπομπ Τζένκινς ΜπομπΜπομπ Τζένκινς ο ιδιοκτήτης του μεσιτικού γραφείου, καταλάβαινε ότι η ΝτάναΝτάνα έπαιρνε άδεια για να είναι με τη Μάλι Μάλι. Της έδινε πάντα άδεια όταν το ζητούσε. Η Μάλι είχε βοηθήσει. Δούλευε με μερική απασχόληση ως μπέιμπι σίτινγκ μετά το σχολείο. Τα χρήματα ήταν δύσκολα κατά καιρούς, αλλά πάντα τα κατάφερναν, και η Μάλι βρισκόταν στο τελευταίο έτος της εκπαίδευσής της στη νοσηλευτική. Στα είκοσι δύο της ήταν έτοιμη να ξεκινήσει τη ζωή της. Έπρεπε να τα καταφέρει. Η

Ντέινα δεν μπορούσε να αντέξει στην ιδέα να συνεχίσει χωρίς την κόρη της.

"Μάλι, πρέπει να με ακούσεις. Δεν πρόκειται να σε αφήσω να φύγεις. Κρατήσου και έλα πίσω σε μένα". Η Ντέινα έσφιξε το χέρι της Μάλι και συνέχισε να της μιλάει σιγά σιγά.

Η πόρτα του δωματίου της Μάλι άνοιξε με ευκολία. Ο Μπομπ Τζένκινς κοίταξε μέσα στο δωμάτιο. Η Ντέινα κοίταξε ξαφνιασμένη.

"Μπομπ", αναφώνησε. "Τι κάνεις εδώ;"

Ο Μπομπ κοκκίνισε ελαφρώς. Ήρθε μπροστά και έδωσε ένα μεγάλο μπουκέτο λουλούδια στη Ντέινα.

"Ήθελα να δω τι κάνει η Μάλι", απάντησε.

"Δεν υπήρξε καμία αλλαγή", αναστέναξε η Ντέινα και κοίταξε το αφεντικό της. "Ήταν πολύ ευγενικό εκ μέρους σου που ήρθες. Πώς πάνε τα πράγματα στο γραφείο;"

"Λοιπόν", ο Μπομπ κοίταξε τη Ντέινα. Προσπάθησε να κρύψει τα συναισθήματα που είχε γι' αυτήν, αλλά ήταν σίγουρος ότι φαίνονταν στο πρόσωπό του. Προσπαθούσε εδώ και καιρό να βρει το κουράγιο να της ζητήσει να βγούμε. Ο Μπομπ ήταν μάλλον ντροπαλός άνθρωπος και φοβόταν ότι θα τον απέρριπτε. Όλος της ο κόσμος ήταν δεμένος με την κόρη της, μια κόρη, η οποία τώρα βρισκόταν σε ένα κρεβάτι νοσοκομείου με μηχανική υποστήριξη. Δεν είχαν ιδέα πότε ή αν θα ξυπνούσε. "Κάνουμε ό,τι καλύτερο μπορούμε, αλλά μας λείπεις σαν τρελή". Είδε το βλέμμα στα μάτια της σε αυτή τη δήλωση και έσπευσε να την καθησυχάσει. "Μην ανησυχείς, θα είμαστε μια χαρά. Πάρε όσο χρόνο χρειάζεσαι μέχρι να γίνει καλά η Μάλι".

Η Ντέινα του χαμογέλασε με ευγνωμοσύνη. "Σ' ευχαριστώ, Μπομπ". Σηκώθηκε από το κομοδίνο και τον αγκάλιασε στα γρήγορα. Κοκκίνισε ελαφρώς και επέστρεψε βιαστικά στο πλευρό του κρεβατιού της Μάλι.

"Λοιπόν", τραύλισε ο Μπομπ καθώς και αυτός κοκκίνισε. "Θα τα πούμε αργότερα. Ενημέρωσέ με πώς τα πάει η Μάλι".

"Θα το κάνω", συμφώνησε η Ντάνα. "Σας ευχαριστώ που ήρθατε και για τα λουλούδια".

"Παρακαλώ. Να προσέχεις". Ο Μπομπ γύρισε και έφυγε από το δωμάτιο.

Η Ντέινα τον κοίταξε σκεπτόμενη. Τον είχε ελκύσει εδώ και καιρό, αλλά δεν είχε ιδέα πώς αισθανόταν γι' αυτήν. Γύρισε πίσω στη Μάλι. Δεν είχε καμία δουλειά να σκέφτεται τον Μπομπ τώρα. Η Μάλι έπρεπε να είναι η πρώτη της προτεραιότητα.

~

Δύο πόρτες πιο κάτω στο διάδρομο βρισκόταν ένας νεαρός άνδρας, επίσης σε κώμα. Ένας δικηγόρος είκοσι έξι ετών, μόλις πρόσφατα προσληφθείς σε ένα δικηγορικό γραφείο, είχε υποστεί ανεύρυσμα και είχε καταρρεύσει τρεις ημέρες νωρίτερα. Οι γονείς του έμεναν εναλλάξ στο κρεβάτι του. Σήμερα ήταν η σειρά της μητέρας του. Του μιλούσε απαλά, προσπαθώντας να πάρει μια απάντηση.

"Ντάνιελ Γκρέι, άκουσέ με. Δεν είναι του χαρακτήρα σου να ξαπλώνεις εκεί. Είσαι μαχητής. Βρες το δρόμο σου πίσω σε μας. Ξέρω ότι μπορείς να το κάνεις. Μην τα παρατάς. Γύρνα πίσω σε μας, γιε μου". Η Μαρία έσκυψε το κεφάλι της καθώς προσευχόταν για την ανάρρωση του γιου της.

~

Ο νεαρός περπατούσε στην παραλία. Υπήρχε άμμος και νερό μέχρι εκεί που έφτανε το μάτι. Συνέχισε να περπατάει αργά, απολαμβάνοντας την αίσθηση του ήλιου στο πρόσωπό του. Στο βάθος μπορούσε να δει μια κοπέλα να κάθεται και να κοιτάζει το νερό. Απλώς καθόταν και κοίταζε το νερό και δεν φαινόταν να αντιλαμβάνεται την προσέγγισή του. Δεν ήθελε να την τρομάξει και έτσι της μίλησε ενώ βρισκόταν ακόμα σε κάποια απόσταση από αυτήν.

"Γεια", φώναξε.

Η κοπέλα κοίταξε προς το μέρος του, αλλά δεν φάνηκε να τρομάζει. Απλά τον κοίταζε και τον παρακολουθούσε να πλησιάζει.

"Το όνομά μου είναι Ντάνιελ Γκρέι. Δεν σας έχω ξαναδεί εδώ. Βρίσκομαι εδώ τις τελευταίες ημέρες και το μέρος έχει ερημώσει".

"Είμαι η Μάλι Γουίλσον. Είναι η πρώτη φορά που βρίσκομαι εδώ. Είναι ένα όμορφο μέρος, τόσο ήσυχο και γαλήνιο". Η Μάλι αναστέναξε και κοίταξε ξανά προς το νερό.

"Θέλεις να φύγω;" ρώτησε ο Ντάνιελ, "Δεν θέλω να σας ενοχλήσω".

"Όχι, χαίρομαι που έχω κάποιον να μιλήσω. Μερικές φορές νιώθω μοναξιά". Η Μάλι χαμογέλασε στον Ντάνιελ. Εκείνος χαμογέλασε κι εκείνος και κάθισε δίπλα της για να ατενίζει το νερό καθώς μιλούσαν.

"Μένεις εδώ γύρω;" ρώτησε ο Ντάνιελ.

"Ναι", απάντησε η Μάλι. "Μένω εδώ στο Ντέντον. Παρακολουθώ μαθήματα κατάρτισης νοσοκόμων στο τοπικό κολέγιο. Γυρνούσα σπίτι από το μάθημα όταν με χτύπησε ένα αυτοκίνητο. Βρίσκομαι σε κώμα στο τοπικό νοσοκομείο. Ακούω τη μητέρα μου να μου μιλάει και μου ραγίζει η καρδιά όταν δεν μπορώ να της απαντήσω. Ακούγεται τόσο λυπημένη". Η Μάλι ακούμπησε το κεφάλι της στα τεντωμένα πόδια της και πάλεψε να συγκρατήσει τα δάκρυά της.

Ο Ντάνιελ έβαλε ένα χέρι γύρω από τον ώμο της Μάλι για να την παρηγορήσει.

"Ξέρω τι εννοείτε, είμαι κι εγώ στο νοσοκομείο. Έπαθα ανεύρυσμα ενώ ήμουν στη δουλειά και είμαι κι εγώ σε κώμα. Είμαι σε κώμα εδώ και τρεις ημέρες. Με δυσκολία αντέχω να ακούω τη μαμά μου και τον μπαμπά μου να με παρακαλούν να ξυπνήσω". Ο Ντάνιελ αναστέναξε βαριά.

"Σε έχουν συνδέσει με ένα σωρό μηχανήματα;" ρώτησε η Μάλι.

"Ναι, σχεδόν τρελαίνομαι όταν ακούω όλα αυτά τα μηχανήματα. Το μόνο χειρότερο θα ήταν να τα κλείσουν. Αυτό είναι τρομακτικό. Δεν ξέρω τι θα συνέβαινε τότε". Ο Ντάνιελ ανατρίχιασε καθώς φανταζόταν ότι θα ήταν χωρίς τη βοήθεια των μηχανημάτων.

"Ναι, ξέρω τι εννοείς". Η Μάλι σηκώθηκε στα πόδια της. "Υποθέτω ότι πρέπει να γυρίσω πίσω και να ελέγξω τη μαμά. Θέλεις να έρθεις μαζί μου πίσω με τα πόδια;" ρώτησε.

"Βέβαια", απάντησε ο Ντάνιελ, σηκώνοντας τα πόδια του. Πήρε το χέρι της Μάλι και συνέχισαν να μιλάνε καθώς περπατούσαν αργά προς την παραλία. Η Μάλι του μίλησε για το ατύχημα του πατέρα της και τον επακόλουθο θάνατο.

"Πρέπει να ήταν δύσκολο", απάντησε ο Ντάνιελ. "Δεν μπορώ να φανταστώ να είμαι χωρίς κανέναν από τους γονείς μου. Μερικές φορές με τρελαίνουν, αλλά είναι καλό να ξέρω ότι είναι εκεί όταν τους χρειάζομαι. Πρέπει να περνούν βασανιστήρια τώρα. Η μαμά τηλεφώνησε στην αδελφή μου. Αυτή και ο σύζυγός της θα έρθουν. Προσπάθησε να επικοινωνήσει με τον αδελφό μου, αλλά είναι στους πεζοναύτες. Το μόνο που μπορούσε να κάνει ήταν να του αφήσει ένα μήνυμα. Χαίρομαι που η αδελφή μου θα είναι εδώ για τη μαμά μου. Ο μπαμπάς προσπαθεί, αλλά δεν είναι πολύ εκδηλωτικός άνθρωπος. Ξέρω ότι νιώθει πράγματα βαθιά, αλλά δεν φαίνεται να μπορεί να εκφραστεί. Ξέρω ότι οι γονείς μου αγαπιούνται. Αυτό είναι τόσο δύσκολο γι' αυτούς".

"Δεν έχω αδέλφια. Είμαι μόνο εγώ και η μαμά μου. Η μαμά μου έχει περάσει πολλά. Τα τελευταία δέκα χρόνια, από τότε που πέθανε ο μπαμπάς μου, είμαστε μόνο οι δυο μας. Ήταν πάντα εκεί για μένα. Ξέρω ότι το ατύχημά μου πρέπει να είναι τρομερό γι' αυτήν". Η Μάλι αναστέναξε βαριά καθώς στράφηκε προς τον Ντάνιελ. "Σ' ευχαριστώ που γύρισες πίσω μαζί μου. Καλύτερα να πάω μέσα τώρα. Θα σε δω αύριο;"

Ο Ντάνιελ την κοίταξε στο πρόσωπό της με ένα χαμόγελο. "Ναι, θα είμαι εδώ. Θα είναι καλό να δω ένα φιλικό πρόσωπο". Της έσφιξε γρήγορα το χέρι πριν το αφήσει. "Αντίο".

"Αντίο", απάντησε η Μάλι καθώς εξαφανιζόταν.

Ο Ντάνιελ εξαφανίστηκε επίσης, επιστρέφοντας στο σώμα του, στον ήχο των μηχανημάτων και στις προσευχές της μητέρας του.

Η Μάλι άκουγε τη μητέρα της να προσεύχεται για την ανάρρωσή της. Αγωνίστηκε να δώσει στη μητέρα της να καταλάβει ότι την άκουγε. Ήθελε να την καθησυχάσει, αλλά δεν μπορούσε να γίνει κατανοητή, δεν μπορούσε να περάσει. Της ράγισε η καρδιά που η μητέρα της έπρεπε να υποφέρει τόσο πολύ.

Η Μάλι παρηγορήθηκε όταν ένιωσε το χέρι της μητέρας της να κρατάει ακόμα το δικό της. Τα μηχανήματα εξακολουθούσαν να λειτουργούν δυνατά με όλους τους ήχους τους. Η πόρτα άνοιξε και ο γιατρός μπήκε μέσα.

"Γεια σας, κυρία Γουίλσον. Τι κάνετε;"

"Είμαι εντάξει. Μπορείς να μου πεις τι έχει η Μάλι; Θα γίνει καλά;" ρώτησε η κυρία Γουίλσον.

"Λοιπόν", απάντησε ο γιατρός, "έχει κάποιο πρήξιμο γύρω από τον εγκέφαλό της. Πρέπει να της δώσουμε λίγες μέρες και να δούμε αν θα υποχωρήσει από μόνη της. Αν δεν το κάνει, ίσως χρειαστεί να το χειρουργήσουμε. Μπορούμε μόνο να περιμένουμε και να δούμε".

"Θα μπορούσε να γίνει καλύτερα από μόνο του;" ρώτησε φοβισμένη η κυρία Wilson.

"Ναι, θα μπορούσε." Απάντησε ο γιατρός. "Απλά πρέπει να συνεχίσουμε να προσευχόμαστε και να ελπίζουμε για το καλύτερο".

"Ναι, σας ευχαριστώ, γιατρέ".

Η Μάλι ενθαρρύνθηκε από αυτά που άκουσε. Ανυπομονούσε να το πει στον Ντάνιελ.

~

Η επόμενη στάση του γιατρού ήταν δύο πόρτες πιο κάτω. Μπήκε στο δωμάτιο του Ντάνιελ με λιγότερη χαρά από ό,τι είχε μπει στο δωμάτιο της Μάλι.

Η μητέρα του Ντάνιελ σήκωσε γρήγορα το κεφάλι της στον ήχο του ανοίγματος της πόρτας.

"Γεια σας, κυρία Γκρέι". Είπε ο γιατρός καθώς πλησίαζε στην άκρη του κρεβατιού.

"Γεια σας" απάντησε. "Υπήρξε κάποια αλλαγή;" ρώτησε με ελπίδα.

"Φοβάμαι πως όχι. Τα αποτελέσματα των εξετάσεων δεν έχουν έρθει ακόμα όλα. Φαίνεται να υπάρχει πολύ μικρή εγκεφαλική δραστηριότητα. Οι εξετάσεις δείχνουν ότι μπορεί να έχει υποστεί εγκεφαλικό επεισόδιο. Δεν είμαστε σίγουροι αν έχει προκληθεί κάποια μόνιμη βλάβη ακόμη. Δεν θα μπορέσουμε να κάνουμε αυτές τις εξετάσεις μέχρι να ξυπνήσει".

"Θα ξυπνήσει, έτσι δεν είναι;" Η κυρία Γκρέι διέκοψε τον γιατρό με μια ερώτηση στην οποία ήθελε απεγνωσμένα μια απάντηση.

"Το ελπίζουμε βεβαίως. Κάνουμε ό,τι μπορούμε προς αυτή την κατεύθυνση. Θα επιστρέψω να ελέγξω τον Ντάνιελ αργότερα".

Ο γιατρός γύρισε απότομα και έφυγε από το δωμάτιο.

"*Τι μαλάκας*", σκέφτηκε ο Ντάνιελ καθώς ο γιατρός έφυγε. Προσπάθησε να επικοινωνήσει με τη μητέρα του, αλλά δεν μπορούσε να τραβήξει την προσοχή της. Σκέφτηκε τη Μάλι. Αμέσως, μπορούσε να ακούσει τις σκέψεις της στο μυαλό του.

. . .

"Γεια σου, Ντάνιελ, είσαι στο δωμάτιό σου;" Οι σκέψεις της ήταν ξεκάθαρες στο μυαλό του. Φαινόταν σαν να ήταν μαζί, πρόσωπο με πρόσωπο.

"Ναι, είμαι. Πώς μπορώ να σας ακούσω τόσο καθαρά;" Ο Ντάνιελ θυμήθηκε τη Μάλι.

"Δεν ξέρω. Είμαι νέος σε αυτό. Απλά σε σκέφτηκα και ήσουν εκεί".

"Μπορείς να με ακούσεις το ίδιο καθαρά;" Η Μάλι λάτρευε τον ήχο των σκέψεων του Ντάνιελ στο μυαλό της.

"Ναι, είναι σαν να είμαστε μαζί. Το λατρεύω. Ήταν τόσο δύσκολο να μην μπορώ να επικοινωνήσω με κανέναν".

"Το ξέρω. Δεν έχω μείνει έξω τόσο καιρό όσο εσύ, αλλά είναι τρομακτικό. Χαίρομαι που δεν είμαι πια μόνη μου". Η Μάλι συνέχισε να στέλνει τις σκέψεις της στον Ντάνιελ. "Ο γιατρός ήταν μόλις εδώ. Δεν τον συμπαθώ και πολύ. Δεν φαίνεται να έχει καμία συμπόνια για τους ασθενείς ή τους ανθρώπους που είναι εδώ γι' αυτούς. Θα γίνω πολύ καλύτερη νοσηλεύτρια από αυτόν. Έχω μάθει πολλά, όντας ασθενής".

"Φαίνεται ότι έχουμε τον ίδιο γιατρό. Ήθελα να τον αρπάξω και να τον πετάξω έξω από την πόρτα. Αναστάτωσε τη μαμά μου και δεν χρειάζεται άλλο άγχος". Ο Ντάνιελ ακουγόταν σαν να μπορούσε να σηκωθεί και να δώσει στον γιατρό ένα κομμάτι του μυαλού του.

Η Μάλι γέλασε απαλά. Ο Ντάνιελ χαμογέλασε. Του άρεσε ο ήχος του γέλιου της Μάλι. Τον έκανε να νιώθει καλά μέσα του.

Η Μάλι άκουσε τη νοσοκόμα να μπαίνει ξανά και τελικά έπεισε τη Ντάνα να πάει στην καφετέρια για να φάει κάτι. Η Ντάνα αντιστάθηκε, αλλά τελικά αποφάσισε ότι χρειαζόταν τροφή. Ακολούθησε απρόθυμα τη νοσοκόμα από το δωμάτιο, αφού έριξε μια τελευταία ματιά στη Μάλι.

"Τι θα έλεγες για μια βόλτα στην παραλία;" Ρώτησε τον Ντάνιελ. "Η μαμά μου μόλις πήγε στην καφετέρια για να φάει κάτι".

"Θα σε συναντήσω εκεί. Η μαμά μου και ο μπαμπάς μου μιλούν μεταξύ τους. Θα είναι απασχολημένοι για λίγο".

Σε μια στιγμή ο Ντάνιελ και η Μάλι βρέθηκαν στην παραλία ο ένας απέναντι στον άλλο. Ο Ντάνιελ χαμογέλασε στη Μάλι καθώς *έπιασε το χέρι της. Η Μάλι χαμογέλασε κι εκείνη και γύρισαν και άρχισαν να περπατούν προς την παραλία. Περπατούσαν αργά, μιλώντας απαλά ο ένας στον άλλον. Απλώς απολάμβαναν ο ένας την παρέα του άλλου καθώς περπατούσαν, κρατώντας τα χέρια τους, χαμογελώντας συχνά ο ένας στον άλλο και γνωρίζοντας ο ένας τον άλλον. Μετά από λίγο γύρισαν και άρχισαν να επιστρέφουν.*

"Χαίρομαι που είχαμε την ευκαιρία να γνωριστούμε", χαμογέλασε ο Ντάνιελ στη Μάλι.

"Κι εγώ", συμφώνησε η Μάλι. Σφίγγοντας γρήγορα το χέρι του Ντάνιελ. Η Μάλι εξαφανίστηκε από το οπτικό πεδίο. Ο Ντάνιελ χαμογέλασε καθώς ακολουθούσε και σύντομα βρέθηκε στο κρεβάτι του.

Ενώ ο Ντάνιελ και η Μάλι περπατούσαν στην παραλία, η Ντάνα και η Mary ήταν στην καφετέρια και έπαιρναν την απαραίτητη τροφή. Και οι δύο κυρίες ήταν πολύ αγχωμένες για να φάνε πολύ, αλλά και οι δύο ήξεραν ότι έπρεπε να φάνε. Τα τραπέζια τους ήταν το ένα δίπλα στο άλλο, αλλά ήταν και οι δύο τόσο βαθιά απορροφημένες στις σκέψεις τους, που δεν αντιλαμβάνονταν κανέναν άλλον. Η νοσοκόμα, η οποία φρόντιζε τόσο τη Μάλι όσο και τον Ντάνιελ, μπήκε στην καφετέρια. Χαμογέλασε όταν είδε και τις δύο κυρίες εκεί, να τρώνε. Περπάτησε προς τα τραπέζια τους.

"Γεια σας, Ντέινα και Μαίρη", χαιρέτησε και τις δύο κυρίες. "Χαίρομαι που σας βλέπω και τις δύο εδώ. Έπρεπε να βγείτε για λίγο από αυτά τα δωμάτια". Έδειξε τη Ντέινα και μετά τη Μαίρη. "Αυτή είναι η Ντέινα Γουίλσον και αυτή είναι η Μαίρη Γκρέι. Και οι δύο έχετε παιδιά σε κώμα. Ο Ντάνιελ είναι δύο πόρτες πιο κάτω από τη Μάλι. Ελπίζω να μην το παράκανα, αλλά σκέφτηκα ότι εσείς οι δύο θα μπορούσατε να βοηθήσετε η μία την άλλη".

Η νοσοκόμα έφυγε γρήγορα για να πάρει το δικό της γεύμα.

"Τι έπαθε ο γιος σας;" ρώτησε η Ντέινα.

"Είχε ανεύρυσμα και κατέρρευσε στη δουλειά. Είναι δικηγόρος. Τι συνέβη στην κόρη σας;" ρώτησε η Μαίρη.

Χτυπήθηκε από αυτοκίνητο. Ήταν με το σκούτερ της στο δρόμο για το σπίτι της από το κολέγιο. Το αγόρι στο αυτοκίνητο έστριψε στη γωνία και δεν την είδε παρά μόνο όταν ήταν πολύ αργά. Εκείνος είναι καλά, αλλά η Μάλι έχει πρήξιμο στον εγκέφαλό της και βρίσκεται σε κώμα. Περιμένουμε να υποχωρήσει το πρήξιμο για να δούμε αν θα χρειαστεί εγχείρηση. Λυπάμαι για τον γιο σας. Θα γίνει καλά;"

"Δεν ξέρουμε. Το μόνο που μπορούμε να κάνουμε είναι να περιμένουμε και να δούμε. Είναι πολύ απογοητευτικό. Λυπάμαι για την κόρη σας, ελπίζω να είναι καλά".

"Σας ευχαριστώ. Μένετε εδώ στο Ντέντον;" Ρώτησε η Ντέινα.

"Ναι", απάντησε η Μαίρη. "Ο σύζυγός μου είναι ιδιοκτήτης του καταστήματος σιδηρικών. Ήμασταν πολύ περήφανοι όταν ο Ντάνιελ αποφάσισε να γίνει δικηγόρος. Ήταν τόσο χαρούμενος όταν πέρασε τις εξετάσεις για το δικηγορικό λειτούργημα. Δεν μπορώ να φανταστώ τι προκάλεσε το ανεύρυσμα".

"Ίσως οι γιατροί το καταλάβουν", απάντησε η Ντέινα. "Η Μάλι διανύει το τελευταίο έτος της νοσηλευτικής της εκπαίδευσης. Έχει δουλέψει τόσο σκληρά".

"Τι κάνει ο σύζυγός σας;" ρώτησε η Μαίρη.

"Ο σύζυγός μου σκοτώθηκε πριν από δέκα χρόνια. Είχε ένα ατύχημα στη μάντρα ξυλείας όπου εργαζόταν. Εργάζομαι ως διευθύντρια γραφείου στο κτηματομεσιτικό γραφείο του Μπομπ Τζένκινς".

"Ω", απάντησε η Μαίρη. "Περάσατε δύσκολες στιγμές. Θα έχω τη Μάλι στις προσευχές μου μαζί με τον Ντάνιελ". Κοίταξε το φαγητό που είχε μείνει μπροστά της. "Δεν νομίζω ότι μπορώ να φάω άλλη μπουκιά. Νομίζω ότι θα επιστρέψω στο δωμάτιο του Ντάνιελ".

Η Ντέινα κοίταξε το δικό της πιάτο. "Ούτε εγώ νομίζω ότι μπορώ να φάω άλλο", είπε. "Νομίζω ότι θα επιστρέψω επάνω".

Οι δύο κυρίες πέταξαν τους δίσκους τους και κατευθύνθηκαν προς το ασανσέρ. Και οι δύο ανυπομονούσαν να δουν αν είχε αλλάξει κάτι κατά τη διάρκεια της απουσίας τους.

ΚΕΦΆΛΑΙΟ 2

Η επόμενη ημέρα πέρασε ήσυχα. Η Ντέινα και η Μαίρη συναντήθηκαν ξανά στην καφετέρια και μοιράστηκαν ένα τραπέζι. Μίλησαν περισσότερο για τα παιδιά τους και τη ζωή τους στο Ντέντον. Ανακάλυψαν ότι είχαν πολλά κοινά. Βοήθησε και τις δύο να έχουν κάποιον, που καταλάβαινε τι περνούσαν, να μιλήσουν.

Η Μάλι και ο Ντάνιελ πέρασαν τον χρόνο τους μαζί στην ιδιωτική τους παραλία. Κάθισαν και μίλησαν για τα όνειρα και τις ελπίδες τους. Η Μάλι ακουμπούσε στον Ντάνιελ και εκείνος καθόταν με το χέρι του γύρω της. Είχε αρχίσει να νιώθει πολύ έντονα συναισθήματα γι' αυτήν και εκείνη έμοιαζε να έρχεται όλο και πιο κοντά του. Το ήλπιζε. Δεν άντεχε να σκέφτεται ότι τα συναισθήματα ήταν μονόπλευρα. Ο Ντάνιελ έτριψε το πηγούνι του στα μαλλιά της Μάλι στην κορυφή του κεφαλιού της.

"Υποθέτω ότι πρέπει να επιστρέψουμε", είπε.

"Ναι", συμφώνησε η Μάλι. Πήρε το χέρι που της άπλωσε και επέτρεψε να την τραβήξει στα πόδια της. Περπάτησαν πίσω, αργά,

κρατώντας τα χέρια τους, απολαμβάνοντας το να είναι μαζί. Όταν σταμάτησαν και γύρισαν ο ένας απέναντι στον άλλο, ο Ντάνιελ έσκυψε μπροστά και έδωσε στη Μάλι ένα απαλό φιλί. Η Μάλι ένιωσε τα δάχτυλα των ποδιών της να κουλουριάζονται στην άμμο. Κοίταξε κάτω έκπληκτη.

"Δεν φοράω παπούτσια", είπε έκπληκτη. Κοίταξε τα πόδια του Ντάνιελ. "Ούτε εσύ έχεις".

Ο Ντάνιελ κοίταξε κάτω και χαμογέλασε. "Μάλλον δεν νομίζαμε ότι τα χρειαζόμασταν", είπε. "Όταν αποφάσισα ότι ήθελα να πάω στην παραλία, σκέφτηκα μόνο ένα παντελόνι και ένα πουκάμισο και ξαφνικά τα φορούσα". Ο Ντάνιελ απάντησε. Δεν σκέφτηκα ποτέ τα παπούτσια μέχρι που τα ανέφερες".

"Ούτε εγώ. Αναρωτιέμαι μήπως έχουμε άμμο στα σεντόνια του νοσοκομείου μας". Η Μάλι γέλασε με τη σκέψη αυτή.

"Δεν το νομίζω. Νομίζω ότι είμαστε εδώ μόνο στο πνεύμα". είπε με θλίψη ο Ντάνιελ.

"Λοιπόν", συνέχισε η Μάλι, κοιτάζοντας τον Ντάνιελ στα μάτια. "Όπως κι αν φτάσαμε εδώ, χαίρομαι που μπορώ να είμαι μαζί σου".

"Κι εγώ", είπε ο Ντάνιελ, κρατώντας τη Μάλι κοντά του για λίγα λεπτά. "Καλύτερα να πάμε μέσα." Η Μάλι εξαφανίστηκε και ο Ντάνιελ ακολούθησε γρήγορα.

~

Ο ΜπομπΜπομπ Τζένκινς μπήκε ήσυχα στο δωμάτιο του νοσοκομείου της Μάλι. Ήξερε ότι μπορεί να μην ήταν ευπρόσδεκτος, αλλά δεν μπορούσε να μείνει μακριά.

Η Ντέινα κοίταξε ψηλά όταν μπήκε ο Μπομπ. Είχε μια έκπληκτη έκφραση στο πρόσωπό της, αλλά δεν έδειχνε να ενοχλείται που είχε έρθει να μας επισκεφθεί ξανά.

"Γεια σου, Μπομπ." Σηκώθηκε και έπιασε τα χέρια του Μπομπ, καθώς εκείνος τα άπλωσε προς το μέρος της. "Χαίρομαι που σε βλέπω", είπε η Ντέινα. Συνεχίζω να κάθομαι εδώ, περιμένοντας κάποιο σημάδι από τη Μάλι. Δεν έχει υπάρξει τίποτα".

Υπήρχαν δάκρυα στη φωνή της. Ο Μπομπ την τράβηξε στην αγκαλιά του και την κράτησε κοντά του για ένα λεπτό.

"Η Μάλι θα γίνει καλά. Πρέπει να της δώσεις χρόνο να θεραπευτεί. Είναι ένα δυνατό κορίτσι και είναι μαχήτρια όπως η μαμά της. Με εσένα στη γωνία της, θα είναι καλύτερα σε χρόνο μηδέν".

Ο Μπομπ έσφιξε το χέρι του για μια στιγμή για να τον καθησυχάσει και στη συνέχεια άφησε τη Ντέινα και απομακρύνθηκε ελαφρώς.

Η Ντέινα σκούπισε τα μάτια της και έβγαλε κι άλλα δάκρυα. Χαμογέλασε ελαφρά στον Μπομπ.

"Ευχαριστώ, συγγνώμη που έκλαιγα πάνω σου. Κάποιες φορές γίνεται πολύ δύσκολο για μένα". Άρχισε να απομακρύνεται, αλλά ο Μπομπ της κράτησε απαλά το χέρι.

"Μπορείς να κλαίγεσαι πάνω μου όποτε το χρειάζεσαι. Θα είμαι πάντα εδώ για σένα και τη Μάλι. Σημαίνετε και οι δύο πολλά για μένα".

Η Ντέινα χαμογέλασε στο πρόσωπο του Μπομπ καθώς τον μελετούσε για να δει αν ήταν ειλικρινής. Της φάνηκε ειλικρινής. Του έσφιξε καθησυχαστικά το χέρι.

"Ευχαριστώ, Μπομπ". Χάρηκε που είδε ότι δεν ήταν η μόνη με αισθήματα.

"Γιατί δεν με αφήνεις να κάτσω με τη Μάλι, ενώ εσύ θα πας σπίτι, θα κάνεις ένα ντους και θα βάλεις καθαρά ρούχα; Υπόσχομαι ότι αν υπάρξει κάποια αλλαγή, θα σε ξαναπάρω αμέσως". Ο Μπομπ είπε στη Ντέινα. "Θα νιώσεις πολύ καλύτερα ικανή να αντιμετωπίσεις τα πάντα μετά από ένα ντους".

"Προσπαθείς να μου πεις ότι μυρίζω άσχημα;" Η Ντέινα χαμογέλασε στον Μπομπ.

"Όχι", είπε ο Μπομπ με μια αμήχανη έκφραση στο

πρόσωπό του. "Απλώς σκέφτηκα ότι θα αισθανόσουν καλύτερα, και ξέρω ότι δεν θέλεις να αφήσεις τη Μάλι".

Η Ντέινα του χάιδεψε το χέρι. "Το ξέρω. Απλά πείραζα. Αν είσαι σίγουρη ότι δεν σε πειράζει, θα ήθελα να κάνω ένα ντους και να αλλάξω ρούχα. Μπορώ να φέρω μερικά ρούχα μαζί μου για μένα και τη Μάλι. Δεν υπάρχει περίπτωση να φορέσει αυτά που φορούσε τη στιγμή του ατυχήματος. Καταστράφηκαν. Όταν θα είναι έτοιμη να επιστρέψει στο σπίτι, θα χρειαστεί κάτι να φορέσει".

Ο Μπομπ της έσφιξε καθησυχαστικά το χέρι. "Τρέξε εσύ. Μην ανησυχείς για τη Μάλι. Θα είμαι εδώ".

Η Ντέινα αγκάλιασε γρήγορα τον Μπομπ και βγήκε βιαστικά από το δωμάτιο, αφού έσφιξε το χέρι της Μάλι και της είπε ότι θα επέστρεφε αμέσως.

Αφού έφυγε η Ντέινα, ο Μπομπ κάθισε στην καρέκλα δίπλα στο κρεβάτι της Μάλι.

"Δεν ξέρω αν με ακούς, Μάλι, αλλά ήθελα να σου πω ότι είμαι ερωτευμένος με τη μητέρα σου. Είμαι εδώ και αρκετό καιρό. Δεν ξέρω αν αισθάνεται το ίδιο. Μόλις γίνεις καλύτερα, θα της ζητήσω να βγούμε. Θέλω να δω αν υπάρχει κάποια πιθανότητα να έχουμε μέλλον μαζί. Ξέρω πόσο κοντά είστε οι δυο σας και δεν θα προσπαθούσα ποτέ να το αλλάξω αυτό. Απλά θέλω να είμαι μέρος της ζωής και των δυο σας. Και οι δυο μας τραβάμε για να γίνετε καλύτερα". Ο Μπομπ έπιασε το χέρι της Μάλι και το έσφιξε. Στη συνέχεια έκατσε αναπαυτικά για να περιμένει την επιστροφή της Ντάνα.

Η Ντάνα βιάστηκε να μπει στο μικρό της σπίτι. Πήρε γρήγορα μια μικρή βαλίτσα διανυκτέρευσης και μάζεψε μια αλλαξιά ρούχα για τη Μάλι και τον εαυτό της. Έβαλε μέσα δύο ρόμπες, μια ρόμπα και μερικές παντόφλες για τη Μάλι. Συμπεριέλαβε ένα πινέλο και μερικά είδη μακιγιάζ για τη Μάλι για να τα χρησιμοποιήσει όταν ξυπνήσει. Αφού τοποθέτησε τη βαλίτσα δίπλα στην μπροστινή πόρτα, έσπευσε να κάνει το ντους της. Νιώθοντας πολύ καλύτερα, η Ντέινα αποφάσισε να φάει ένα σάντουιτς πριν επιστρέψει. Γρήγορα, έφτιαξε ένα σάντουιτς με ζαμπόν και τυρί και ένα ποτήρι γάλα. Έφαγε γρήγορα, ξέπλυνε το πιάτο και το άφησε στο πλυντήριο πιάτων. Η Ντέινα άρπαξε τη βαλίτσα, κλείδωσε την πόρτα και κατευθύνθηκε πίσω στο νοσοκομείο. Είχε λείψει λιγότερο από μια ώρα, αλλά της φάνηκε πολύ περισσότερο. Ανυπομονούσε να επιστρέψει στη Μάλι. Ήταν γλυκό εκ μέρους του Μπομπ να τη βοηθήσει να κάνει ένα διάλειμμα. Χαμογέλασε. Ίσως, όταν όλα αυτά τελειώσουν και η Μάλι θα ήταν καλά, θα μπορούσαν να βρεθούν μαζί κάποια στιγμή.

"Γεια σας, επέστρεψα", είπε η Ντέινα μπαίνοντας στο δωμάτιο του νοσοκομείου της Μάλι.

"Αυτό ήταν γρήγορο", είπε ο Μπομπ. "Φαίνεσαι να αισθάνεσαι πολύ καλύτερα".

"Εγώ ξέρω. Ένα ντους και μια αλλαγή ρούχων ήταν ακριβώς αυτό που χρειαζόμουν. Σας ευχαριστώ πολύ που μείνατε όσο έλειπα. Υπήρξε κάποια αλλαγή;" ρώτησε με αγωνία η Ντέινα.

"Όχι, όλα είναι ίδια και χάρηκα που μπόρεσα να βοηθήσω. Η Μάλι και εγώ είχαμε μια ωραία κουβεντούλα. Φυσικά, εγώ μίλησα. Εκείνη απλώς άκουγε", απάντησε ο Μπομπ.

Η Ντέινα χαμογέλασε. "Έχω κάνει πολλά τέτοια. Δεν ξέρω αν με ακούει, αλλά θέλω να ξέρει ότι κάποιος είναι εδώ γι' αυτήν. Δεν ξέρω αν αυτό τη βοηθάει, αλλά εμένα με βοηθάει".

"Συνέχισε να μιλάς. Κανείς δεν ξέρει πόσα ακούει ένας άνθρωπος σε κώμα". Ο Μπομπ της έσφιξε τα χέρια καθησυχαστικά. "Πρέπει να επιστρέψω στη δουλειά. Αν χρειαστείς κάτι, τηλεφώνησέ μου. Θα επιστρέψω αργότερα, αν δεν σας πειράζει".

"Δεν πειράζει. Σας ευχαριστώ πολύ που μείνατε. Είστε ευπρόσδεκτοι οποιαδήποτε στιγμή". Η Ντέινα τον αγκάλιασε φεύγοντας.

Η Ντέινα κάθισε στην καρέκλα της δίπλα στο κρεβάτι της Μάλι. Πήρε το χέρι της Μάλι και την κοίταξε προσεκτικά. Είχε χρώμα στο πρόσωπό της. Έμοιαζε σχεδόν σαν να είχε βγει στον ήλιο αντί να είναι κολλημένη σε ένα κρεβάτι νοσοκομείου.

"Λοιπόν, Μάλι, πώς θα σου φαινόταν αν η μαμά σου έβγαινε με έναν ιδιοκτήτη κτηματομεσιτικής επιχείρησης; Πραγματικά πιστεύω ότι του αρέσω. Θα με ακούσεις; Ακούγομαι σαν έφηβη. Υποθέτω ότι ποτέ δεν γινόμαστε πολύ μεγάλοι για να νιώσουμε έλξη για κάποιον. Αν ήσουν ξύπνιος, δεν θα μιλούσα ποτέ έτσι. Είμαι πολύ μεγάλη για αυτές τις εφηβικές ανοησίες. Νομίζω όμως ότι του αρέσω". Έδωσε ένα απαλό χαχανητό.

Η Μάλι χαμογέλασε απαλά στον εαυτό της. Χάρηκε που η μητέρα της ήταν έτοιμη να βγει από το καβούκι που είχε χτίσει γύρω της μετά το θάνατο του συζύγου της. Ήταν καιρός να βρει λίγη ευτυχία. Σκέφτηκε τον Ντάνιελ και χαμογέλασε ξανά. Ίσως ήταν και οι δύο έτοιμοι για την ευτυχία.

～

Ο Ντάνιελ και η Μάλι ήταν και πάλι στην παραλία τους. Η Μάλι ήταν ακουμπισμένη στον Ντάνιελ και εκείνος την είχε αγκαλιάσει. Η Μάλι είπε στον Ντάνιελ για τον Μπομπ και τη Ντέινα και πως ήλπιζε ότι θα μπορούσαν να τα βρουν. Ο Ντάνιελ συμφώνησε. Σκέφτηκε ότι θα ήταν υπέροχο για τη μαμά της Μάλι.

"Όταν τελειώσει αυτό, θα βγεις μαζί μου;" ρώτησε τη Μάλι.

"Θα μου άρεσε αυτό", είπε η Μάλι, αγκαλιάζοντας τον Ντάνιελ.

"Ωχ!" αναφώνησε η Μάλι, σηκώθηκε και κοίταξε το χέρι της.

"Τι συμβαίνει;" ρώτησε ο Ντάνιελ.

"Δεν ξέρω. Ένιωσα σαν να μου έκαναν μια ένεση". Η Μάλι σηκώθηκε γρήγορα στα πόδια της. "Καλύτερα να πάω να δω τι συμβαίνει".

"Εντάξει, θα σε περιμένω εδώ,"

"Εντάξει", απάντησε η Μάλι.

Εξαφανίστηκε και επέστρεψε στο δωμάτιο του

νοσοκομείου της ακούγοντας τι συνέβαινε. Η νοσοκόμα μιλούσε στη Ντέινα.

"Γιατί της κάνεις μια ένεση;" ρώτησε η Ντέινα.

"Θα την πάμε για ακτινογραφία και θα δούμε αν το πρήξιμο υποχωρεί. Θέλουμε να είναι χαλαρή όσο θα κάνουμε την εξέταση". Η νοσοκόμα ήταν απασχολημένη με την προετοιμασία της Μάλι για να μετακινηθεί ενώ εκείνη μιλούσε. "Δεν θα αργήσουμε πολύ, περίπου τριάντα με σαράντα πέντε λεπτά. Μπορείτε να περιμένετε εδώ αν θέλετε".

"Όχι", απάντησε η Ντάνα. "Θα κατέβω μαζί σου". Έριξε ένα αποφασιστικό βλέμμα στη νοσοκόμα, σαν να την προκαλούσε να διαφωνήσει μαζί της.

Η νοσοκόμα την κοίταξε έντονα και στη συνέχεια σήκωσε τους ώμους της. Ας ασχοληθεί κάποιος άλλος με την οικογένεια του ασθενούς, δεν ήταν δική της δουλειά. Έβγαλε το κρεβάτι της Μάλι στο διάδρομο. Ένας νοσοκόμος ήταν εκεί για να βοηθήσει να κατεβάσουν την ασθενή για τις εξετάσεις.

Η Μάλι θυμήθηκε τον Ντάνιελ. Αγκαλιάστηκε στην αγκαλιά του.

"Με κατεβάζουν για κάποιες εξετάσεις. Η νοσοκόμα μου έκανε μια ένεση για να χαλαρώσω". Η Μάλι χασμουρήθηκε νυσταγμένη. Υποθέτω ότι η ένεση κάνει δουλειά", είπε. Έγειρε στην αγκαλιά του Ντάνιελ και παραλίγο να αποκοιμηθεί.

Ο Ντάνιελ την τράβηξε πιο κοντά του και την αγκάλιασε καθώς αποκοιμήθηκε στην αγκαλιά του. Η Μάλι κοιμήθηκε για σχεδόν μια ώρα πριν αρχίσει να ξυπνάει. Χασμουρήθηκε πολύ. Ο Ντάνιελ της χαμογέλασε.

"Χαίρομαι που επέστρεψες", είπε, κρατώντας την κοντά του. "Μπορώ να σου πω τώρα ότι δεν ροχαλίζεις", πείραξε.

"Θα μπορούσα να σου το είχα πει αυτό", ανταπέδωσε πειράγματα. "Ευχαριστώ που με φρόντισες".

"Ευχαρίστησή μου", απάντησε.

"Καλύτερα να πάω να δω τι θα δείξουν οι εξετάσεις". Η Μάλι του έσφιξε το χέρι και εξαφανίστηκε.

Ο Ντάνιελ κάθισε περιμένοντας να επιστρέψει η Μάλι.

"Μάλλον πρέπει να δω τι συμβαίνει στο δωμάτιό μου", σκέφτηκε. Εξαφανίστηκε και σύντομα βρέθηκε στο κρεβάτι του.

ΚΕΦΑΛΑΙΟ 3

Η Mary και ο Herman Grey ήταν στο δωμάτιο του Ντάνιελ. Ο Χέρμαν είχε αγκαλιάσει τη Μαίρη σε μια αμήχανη αγκαλιά. Προσπαθούσε να την παρηγορήσει καθώς έκλαιγε σιγά-σιγά. Δεν ήταν ένα επιδεικτικό ζευγάρι, αλλά έκανε ό,τι καλύτερο μπορούσε για να τη βοηθήσει. Η καρδιά του ήταν βαριά καθώς έβλεπε τον μικρότερο γιο του να κείτεται τόσο ήσυχα.

"Η Κέιτι και ο Μπράιαν θα είναι εδώ αύριο". Είπε ο Χέρμαν. Η Κέιτι ήταν η κόρη τους και ήταν δύο χρόνια μεγαλύτερη από τον Ντάνιελ. Ο σύζυγός της, ο Μπράιαν, ήταν κάτι σαν μάγος των υπολογιστών. Ο Χέρμαν δεν καταλάβαινε πολλά για το επάγγελμα του Μπράιαν. Ήξερε μόνο ότι ο Μπράιαν έβγαζε καλά λεφτά και έκανε την Κέιτι ευτυχισμένη. Η Κέιτι και ο Μπράιαν είχαν μια κόρη, τη Σύλβια. Ήταν δύο ετών και τη φρόντιζε η μητέρα του Μπράιαν. Δεν ήθελαν να περιμένει στο νοσοκομείο. Ο μεγαλύτερος γιος του Herman και της Mary, ο Matt, υπηρετούσε στους πεζοναύτες. Του έστειλαν ένα μήνυμα, αλλά δεν είχαν λάβει ακόμη απάντηση.

Η Μαίρη τραβήχτηκε πίσω όταν άνοιξε η πόρτα και ο

γιατρός μπήκε στο δωμάτιο. Η Μαίρη και ο Χέρμαν στράφηκαν και οι δύο προς το μέρος του γιατρού.

"Υπήρξε κάποια αλλαγή;" ρώτησε η Mary.

Ο γιατρός ήρθε στο πλευρό του κρεβατιού και κοίταξε το διάγραμμα του Ντάνιελ. Στη συνέχεια τον κοίταξε προσεκτικά και έπιασε το δέρμα του.

"Δεν βλέπω καμία αλλαγή, αλλά το δέρμα του είναι ζεστό στην αφή και έχει περισσότερο χρώμα στο πρόσωπό του. Αν δεν ήξερα καλύτερα, θα έλεγα ότι έχει βγει στον ήλιο".

Ο γιατρός ανέβασε το διάγραμμα και στράφηκε προς το ανήσυχο ζευγάρι.

"Πιστεύουμε ότι το ανεύρυσμα προκλήθηκε από θρόμβο αίματος από το πόδι του. Ταξίδεψε προς τα πάνω και μπλόκαρε μια αρτηρία. Δίνουμε στον Ντάνιελ αντιπηκτικά για να προσπαθήσουμε να διαλύσουμε τον θρόμβο. Θα δώσουμε στο φάρμακο μερικές ημέρες για να δράσει".

"Κι αν δεν δουλέψει;" ρώτησε η Μαίρη.

"Τότε θα πρέπει να τον χειρουργήσουμε και να του βάλουμε ένα stint για να ξαναρχίσει να ρέει το αίμα".

"Θα μπορέσει να ξυπνήσει; Θα είναι εντάξει;" ρώτησε ο Χέρμαν.

"Δεν ξέρουμε. Πρέπει να περιμένουμε να δούμε πόση ζημιά έχει προκαλέσει ο θρόμβος. Δεν θα είμαστε σε θέση να πούμε μέχρι να ξυπνήσει. Θα αφήσω οδηγίες στη νοσοκόμα να ξεκινήσει το αντιπηκτικό και θα επιστρέψω αύριο να δω πώς τα πάει".

Ο γιατρός έφυγε. Ο Χέρμαν και η Μαίρη έμειναν άφωνοι. Δεν ήξεραν τι να σκεφτούν.

"Μακάρι να μπορούσαμε να βρούμε άλλον γιατρό. Δεν μου αρέσει καθόλου αυτός ο γιατρός. Είναι πολύ απότομος". δήλωσε η Μαίρη.

"Σε ένα κορίτσι-μαμά", σκέφτηκε ο Ντάνιελ. Η μαμά του ήταν σπουδαία στο να λέει τα πράγματα με το όνομά τους.

"Ας δώσουμε χρόνο στο αντιπηκτικό να δράσει. Αν δεν

δουλέψει, ίσως ψάξουμε να βρούμε άλλον γιατρό". Ο Χέρμαν καθησύχασε τη Μαίρη. Εκείνη του χάρισε ένα ευγνώμων χαμόγελο και τον αγκάλιασε σφιχτά. Ο Χέρμαν την αγκάλιασε κι αυτός. Χάρηκε που μπόρεσε να την κάνει να νιώσει λίγο καλύτερα.

~

Ο Ντάνιελ θυμήθηκε την παραλία. Ήθελε να μοιραστεί τις τελευταίες εξελίξεις με τη Μάλι.

Η Μάλι άκουγε τη συζήτηση που γινόταν στο δωμάτιό της. Ο αντιπαθητικός γιατρός ήταν εκεί και ενημέρωνε την Ντέινα για τα αποτελέσματα των εξετάσεών της.

"Κυρία Γουίλσον, οι εξετάσεις της Μάλι δείχνουν ότι το πρήξιμο έχει υποχωρήσει ελαφρώς. Υπάρχει ακόμα αρκετό πρήξιμο. Φαίνεται ότι ένα θραύσμα οστού μπορεί να έχει σφηνωθεί στον εγκέφαλό της. Θα πρέπει να περιμένουμε να υποχωρήσει λίγο ακόμα το πρήξιμο για να είμαστε σίγουροι, αλλά αν πρόκειται για θραύσμα οστού θα πρέπει να το χειρουργήσουμε. Θα σας ενημερώσω αμέσως μόλις μάθω κάτι". Αφού διαβίβασε τα αποτελέσματα των εξετάσεων, ο γιατρός αναχώρησε.

Η Ντέινα έσφιξε τα χέρια της. Δεν ήξερε τι να σκεφτεί. Έβγαλε το τηλέφωνό της και κάλεσε τον Μπομπ Τζένκινς.

"Γεια σας", απάντησε ο Μπομπ.

"Γεια σου, Μπομπ, η Ντέινα είμαι. Δεν ήξερα ποιον άλλο να καλέσω. Είχα κάποια νέα για τη Μάλι και ήθελα να μιλήσω σε κάποιον".

"Έρχομαι αμέσως." Ο Μπομπ έκλεισε το τηλέφωνο και, παίρνοντας το σακάκι του, βγήκε από την πόρτα.

Ο Μπομπμπήκε στο δωμάτιο της Μάλι και πήγε γρήγορα στην Ντάνα. Την αγκάλιασε και την κράτησε σφιχτά.

"Είσαι καλά;" ρώτησε.

"Δεν ξέρω", είπε η Ντέινα. "Ο γιατρός είπε ότι το πρήξιμο

είχε υποχωρήσει ελαφρώς. Στη συνέχεια προχώρησε να μου πει ότι η Μάλι μπορεί να έχει ένα θραύσμα οστού στον εγκέφαλό της. Δεν μπορούν να είναι σίγουροι μέχρι το πρήξιμο να υποχωρήσει κι άλλο". Αναστέναξε. "Δεν ξέρω πού εκπαιδεύτηκε αυτός ο γιατρός, αλλά σίγουρα δεν του έμαθαν τίποτα για την ευαισθησία".

"Τουλάχιστον το πρήξιμο καλυτερεύει. Μπορούμε να είμαστε ευγνώμονες γι' αυτό". Ο Μπομπ ήταν έξαλλος με τον γιατρό που έκανε τα πράγματα πιο δύσκολα για τη Ντέινα. "Ξέρεις το όνομα του γιατρού;"

"Πραγματικά δεν έδινα προσοχή", είπε η Ντάνα. "Μπορώ να ρωτήσω τη νοσοκόμα την επόμενη φορά που θα έρθει".

"Κάν' το", είπε ο Μπομπ. "Θα ήθελα πραγματικά να μάθω περισσότερα γι' αυτόν".

"Εντάξει", συμφώνησε η Ντάνα. Έσκυψε πιο κοντά στον Μπομπ. "Χαίρομαι πολύ που είσαι εδώ. Είχα ανάγκη να μιλήσω σε έναν φίλο".

"Θα είμαι πάντα εδώ για σένα, Ντέινα". Ο Μπομπ κοίταξε την Ντέινα. "Ίσως δεν είναι η κατάλληλη στιγμή να σου το πω, αλλά νοιάζομαι για σένα και τη Μάλι. Όταν η Μάλι γίνει καλύτερα, θέλω να σας βλέπω περισσότερο. Ίσως μπορούμε να βγούμε για φαγητό κάποια στιγμή".

"Θα μου άρεσε αυτό", είπε η Ντάνα. "Θα το ήθελα πάρα πολύ".

Η νοσοκόμα μπήκε στο δωμάτιο. Πήγε να ελέγξει τη Μάλι. Έλεγξε όλα τα μηχανήματα και κοίταξε τον ορό στο χέρι της Μάλι. Φαινόταν να πιστεύει ότι όλα ήταν καλά.

"Τζόις", είπε η Ντέινα, αφού κοίταξε την ετικέτα με το όνομα της νοσοκόμας. "Μπορείτε να μου πείτε πώς λέγεται ο γιατρός; Ξέχασα τι μου είπε".

"Μάλλον δεν σας είπε τίποτα", σφύριξε η νοσοκόμα. "Το όνομά του είναι Ντρέικ, Μάρκους Ντρέικ".

"Ευχαριστώ", απάντησε η Ντέινα.

Η νοσοκόμα έφυγε και η Ντέινα στράφηκε προς τον Μπομπ.

"Λοιπόν, έχετε το όνομά του. Τι θα το κάνεις;"

"Δεν είμαι σίγουρος ακόμα", απάντησε ο Μπομπ. "Αφήστε με να το κοιτάξω."

"Εντάξει, συμφώνησε η Ντέινα. "Σας ευχαριστώ που ήρθατε τόσο γρήγορα. Ήμουν έτοιμη να χάσω την ψυχραιμία μου".

"Αυτό είναι κάτι που θα ήθελα να δω, να χάνει την ψυχραιμία της η ακλόνητη κυρία Γουίλσον".

"Σταμάτα να πειράζεις", είπε η Ντέινα. "Μιλάω σοβαρά."

"Κι εγώ το ίδιο", είπε ο Μπομπ χαμογελώντας της.

Η Ντέινα του χαμογέλασε. "Καλύτερα να επιστρέψεις στο γραφείο. Θα σου τηλεφωνήσω αν συμβεί κάτι άλλο. Σας ευχαριστώ πολύ που ήρθατε".

"Εντάξει, αλλά πάρε με τηλέφωνο αν με χρειαστείς".

"Θα το κάνω", υποσχέθηκε η Ντέινα.

Η Ντάνα πήγε και κάθισε στην καρέκλα δίπλα στο κρεβάτι της Μάλι.

"Είναι πολύ καλός άνθρωπος, Μάλι."

Η Μάλι θα συμφωνούσε μαζί της, αλλά είχε φύγει για να βρει τον Ντάνιελ. Ο Ντάνιελ την περίμενε στην παραλία. Πήγε κατευθείαν στην αγκαλιά του. Την αγκάλιασε σφιχτά. Η Μάλι τον έσφιξε εξίσου σφιχτά.

"Είσαι καλά, Μάλι;" ρώτησε ο Ντάνιελ.

"Ναι, είμαι εντάξει. Ο γιατρός είπε στη μαμά μου ότι μπορεί να έχω ένα θραύσμα οστού στον εγκέφαλό μου. Δεν θα ξέρουν σίγουρα μέχρι να υποχωρήσει λίγο ακόμα το πρήξιμο. Αν υπάρχει, θα πρέπει να κάνουν εγχείρηση".

Ο Ντάνιελ έσφιξε ξανά τα χέρια του γύρω της.

"Ακούγεται σαν τον ίδιο αναίσθητο βλάκα που ήταν στο δωμάτιό

μου. Είπε στους γονείς μου ότι το ανεύρυσμά μου προκλήθηκε από έναν θρόμβο αίματος που είχε ταξιδέψει από το πόδι μου και προκαλούσε απόφραξη. Είπε ότι θα μου δώσουν κάποια αντιπηκτικά και θα δουν αν θα δουλέψουν. Αν δεν τα καταφέρουν, τότε θα πρέπει να χειρουργηθώ για να μου τοποθετηθεί ένα στεντ. Στη μητέρα μου δεν αρέσει καθόλου η στάση του γιατρού".

Ο Ντάνιελ χαμογέλασε στην ανάμνηση της απάντησης της μητέρας του.

"Ούτε στον Μπομπ άρεσε. Πήρε το όνομα του γιατρού. Δεν ξέρω τι θα κάνει, αλλά ελπίζω να μάθει ο γιατρός ότι οι ασθενείς και οι οικογένειές τους έχουν συναισθήματα".

Η Μάλι αγκαλιάστηκε ξανά στην αγκαλιά του Ντάνιελ καθώς κάθονταν στην παραλία. Απλά κάθονταν ήσυχα και απολάμβαναν το να είναι μαζί.

⁓

Ο Ντάνιελ και η Μάλι έμειναν αγκαλιά μαζί το μεγαλύτερο μέρος της νύχτας. Δεν είχε καμία διαφορά γι' αυτούς. Εκεί που βρίσκονταν ήταν πάντα φως, εκτός αν ήθελαν να είναι διαφορετικά. Ο Ντάνιελ σηκώθηκε απρόθυμα και ετοιμάστηκε να γυρίσει πίσω.

"Η αδελφή μου και ο σύζυγός της θα είναι εδώ σήμερα και πρέπει να είμαι εκεί. Μακάρι να ήσουν κι εσύ εκεί για να τους γνωρίσεις".

Η Μάλι τον χάιδεψε στο μάγουλο. "Θα τους συναντήσω όλους αργότερα, αφού ξυπνήσουμε".

"Εντάξει", συμφώνησε ο Ντάνιελ. Με μια τελευταία αγκαλιά, έφυγε.

Η Μάλι αναστέναξε. Ήταν μοναχικά εδώ χωρίς τον Ντάνιελ. Ξαναγύρισε στο δωμάτιό της. Η μαμά της κοιμόταν στον καναπέ-κρεβάτι που της είχε στρώσει η νοσοκόμα. Η Μάλι κοίταξε όλα τα μηχανήματα στα οποία ήταν συνδεδεμένη. Ήταν σίγουρα πολλά. Αναστενάζοντας απαλά στον εαυτό της, η Μάλι μπήκε στο σώμα της και βολεύτηκε στον ύπνο.

Ο Μπομπ μπήκε νωρίς στο μεσιτικό γραφείο, αλλά ο βοηθός του ήταν ήδη εκεί. Ο βοηθός του, ο Μπίλι, ήταν νέος, αλλά ήταν άριστος στον υπολογιστή. Δεν υπήρχε τίποτα που δεν μπορούσε να κάνει με αυτόν όταν το έβαζε στο μυαλό του.

"Καλημέρα, Μπίλι". είπε ο Μπομπ καθώς τον χαιρέτησε.

"Γεια σου αφεντικό", απάντησε ο Μπίλι. "Πώς είναι η Μάλι;" Η Μάλι ουσιαστικά μεγάλωσε γύρω από το μεσιτικό γραφείο. Ήταν η αγαπημένη όλων εκεί.

"Η Μάλι είναι περίπου το ίδιο. Το πρήξιμο έχει υποχωρήσει λίγο, αλλά εξακολουθεί να βρίσκεται σε κώμα. Ο γιατρός φάνηκε να πιστεύει ότι μπορεί να έχει κάποιο θραύσμα οστού στον εγκέφαλό της. Περιμένει να υποχωρήσει λίγο ακόμα το πρήξιμο για να είναι σίγουρος".

"Ουάου", είπε ο Μπίλι. "Το καημένο το παιδί δεν μπορεί να τα καταφέρει".

"Το ξέρω", είπε ο Μπομπ. "Θέλω να μάθεις ό,τι μπορείς για τον δρα Μάρκους Ντρέικ. Είναι ο γιατρός της Μάλι. Υπάρχει κάτι πάνω του που δεν μου αρέσει".

"Εντάξει, θα το κάνω αμέσως, αφεντικό". Ο Μπίλι στράφηκε στον υπολογιστή του έτοιμος να πιάσει δουλειά.

Ο Μπομπ πήγε στο προσωπικό του γραφείο για να προσπαθήσει να κάνει λίγη δουλειά. Το μυαλό του ήταν τόσο γεμάτο από τη Ντέινα και τη Μάλι, που ήταν δύσκολο να συγκεντρωθεί.

Η Κέιτι μπήκε βιαστικά στο δωμάτιο του Ντάνιελ. Αφού έριξε μια φοβισμένη ματιά στον Ντάνιελ, που κείτονταν τόσο ήσυχα στο νοσοκομειακό κρεβάτι του, έπεσε βιαστικά στην αγκαλιά της μητέρας της.

"Μαμά, έχει γίνει κάποια αλλαγή;" Η Κέιτι κοίταξε ξανά

τον Ντάνιελ. Ο Μπράιαν την ακολούθησε στο δωμάτιο. Πήγε γρήγορα και έδωσε στη Μαίρη μια καθησυχαστική αγκαλιά. Έδωσε στη Μαίρη ένα μαντήλι καθώς τα δάκρυα πλημμύρισαν τα μάτια της.

"Δεν ξέρω", απάντησε η Μαίρη. "Του δίνουν αντιπηκτικά για να προσπαθήσουν να διαλύσουν τον θρόμβο. Ο γιατρός δεν έχει περάσει σήμερα το πρωί. Ίσως είναι πολύ νωρίς για να πούμε αν δουλεύουν".

"Έχει καλό χρώμα. Δεν φαίνεται σαν να βρίσκεται σε αυτό το κρεβάτι του νοσοκομείου εδώ και σχεδόν μια εβδομάδα. Οι νοσοκόμες κρατούν τα πόδια και τα χέρια του σε κίνηση; Θα γίνουν άκαμπτα, απλά ξαπλωμένα εκεί".

"Ναι, έχουν μια νοσοκόμα που έρχεται μια φορά την ημέρα για να του κάνει μπάνιο και να του κάνει μασάζ στα χέρια και τα πόδια". απάντησε η Μαίρη. "Είναι πολύ καλός μαζί μας. Μας εξηγεί τι κάνει και γιατί. Όχι σαν εκείνον τον γιατρό. Με δυσκολία βρίσκει χρόνο να απαντήσει στις ερωτήσεις μου".

"Φαίνεται ότι δεν ενδιαφέρεσαι και πολύ για τον γιατρό", είπε ο Μπράιαν. Χαμογέλασε ελαφρά στη σκέψη ότι η Μαίρη θα έμπλεκε με τον γιατρό.

Η Μαίρη αναστέναξε. "Ξέρω ότι ο γιατρός κάνει μάλλον ό,τι καλύτερο μπορεί. Απλώς η συμπεριφορά του χρειάζεται προσαρμογή. Θα πρέπει να παρακολουθήσει ένα μάθημα ευαισθησίας. Οι άνθρωποι που πονάνε δεν χρειάζονται επιπλέον άγχος".

Ο Μπράιαν κοίταξε έκπληκτος τη συνήθως ήσυχη πεθερά του. Ήταν περίεργο να την ακούει να μιλάει για συναισθήματα. Πάντα έδειχνε να δυσκολεύεται να εκφράσει τα συναισθήματά της, εκτός όταν επρόκειτο για τα παιδιά της. Τότε μπορούσε να γίνει μια κανονική τίγρης. Εκείνος ο γιατρός πρέπει να την είχε τρίψει πολύ άσχημα.

"Πού είναι ο μπαμπάς;" ρώτησε η Κέιτι.

"Έπρεπε να πάει στο μαγαζί για λίγο. Είχε ένα φορτίο που ερχόταν. Ήθελε να το ελέγξει. Θα επιστρέψει σύντομα". Η

Μαίρη πήγε στο κρεβάτι, πήρε το χέρι του Ντάνιελ και το έσφιξε. "Θα ήθελες να πάμε κάτω στην καφετέρια και να φάμε μεσημεριανό πριν αρχίσει η βιασύνη;" Η Μαίρη ρώτησε. "Μπορώ να σε συστήσω στη Ντέινα. Είναι δύο πόρτες πιο πάνω από εμάς. Η κόρη της είναι επίσης σε κώμα. Είχε ένα ατύχημα. Η Ντέινα κι εγώ συναντιόμαστε στην καφετέρια. Βοηθάει να έχεις κάποιον να μιλήσεις, που καταλαβαίνει".

"Θα ήθελα πολύ να έρθω μαζί σου και να γνωρίσω τη Ντέινα", είπε η Κέιτι. "Θα ήθελες να μείνει ο Μπράιαν με τον Ντάνιελ;"

"Όχι, η νοσοκόμα θα είναι εδώ σε λίγα λεπτά για να τον κάνει το μπάνιο του και να τον φροντίσει. Τώρα είναι η κατάλληλη στιγμή να φύγετε".

Η νοσοκόμα μπήκε καθώς γύριζαν για να φύγουν.

"Θα πάμε στην καφετέρια. Αν υπάρχει κάποια αλλαγή, ειδοποιήστε με", είπε η Μαίρη.

"Θα το κάνω", υποσχέθηκε η νοσοκόμα. "Καλό γεύμα".

"Σας ευχαριστώ", απάντησε η Μαίρη καθώς έφευγαν.

Εν τω μεταξύ, έφτασε η νοσοκόμα της Μάλι για να την κάνει μπάνιο και να της κάνει μασάζ στα άκρα. Η Ντάνα της έδωσε το φόρεμα και τη βούρτσα μαλλιών της Μάλι. Άφησε οδηγίες να την καλέσει στην καφετέρια αν υπήρχε κάποια αλλαγή πριν φύγει για να συναντήσει τη Μαίρη. Η νοσοκόμα χαμογέλασε και τη διαβεβαίωσε ότι θα την καλούσε. Στη συνέχεια την οδήγησε έξω από το δωμάτιο.

ΚΕΦΑΛΑΙΟ 4

Η Μάλι και ο Ντάνιελ επέστρεψαν στην παραλία τους. Κάθονταν στην αγαπημένη τους θέση με τη Μάλι να ακουμπάει στην αγκαλιά του Ντάνιελ. Ο Ντάνιελ την κρατούσε σφιχτά με το πηγούνι του να ακουμπά στην κορυφή του κεφαλιού της. Ήταν και οι δύο άνετοι και χαλαροί.

"Πότε αποφάσισες ότι ήθελες να γίνεις νοσοκόμα;" Ο Ντάνιελ ρώτησε τη Μάλι.

"Όταν ήμουν στο λύκειο, έγινε μια αιμοδοσία για να βοηθηθεί ένα μικρό παιδί με αιμορραγική διαταραχή. Μου φάνηκε συναρπαστικό το γεγονός ότι το αίμα μου θα μπορούσε να βοηθήσει να σωθεί μια ζωή. Άρχισα να το σκέφτομαι και αποφάσισα ότι ήθελα να κάνω κάτι στον ιατρικό τομέα. Η νοσηλευτική ήταν η πιο εύκολη επιλογή. Δεν χρειάζεται να σπουδάσεις τόσο πολύ για να γίνεις νοσοκόμα και αρχίζεις να κερδίζεις χρήματα νωρίτερα. Εξάλλου, μου αρέσει η νοσηλευτική". Η Μάλι κατέληξε με ένα χαμόγελο.

"Θα γίνεις σπουδαία νοσοκόμα", συμφώνησε ο Ντάνιελ. "Νομίζω ότι θα είσαι σπουδαία σε οτιδήποτε βάλεις στο μυαλό σου".

Η Μάλι κοίταξε ξανά τον Ντάνιελ. "Ευχαριστώ", χαμογέλασε.

"Κι εσύ", ρώτησε. "Σου αρέσει να είσαι δικηγόρος;"

"Δεν ξέρω", είπε ο Ντάνιελ σκεπτόμενος. "Νόμιζα ότι ήθελα να γίνω δικηγόρος. Σπούδασα σκληρά για να γίνω και τα κατάφερα, αλλά δεν ξέρω αν μπορώ να αντέξω να δουλέψω σε ένα μεγάλο δικηγορικό γραφείο. Δεν έχω λόγο για το ποιες υποθέσεις θα χειριστώ. Δεν μου αρέσει να υπερασπίζομαι ανθρώπους για τους οποίους είμαι αρκετά σίγουρος ότι είναι ένοχοι. Ίσως πρέπει να ανοίξω το δικό μου γραφείο. Έτσι θα αποφασίζω εγώ ποιες υποθέσεις θα αναλάβω και ποιες θα απορρίψω".

"Αυτό πρέπει να κάνεις τότε", δήλωσε ο Μάλι.

"Ίσως", συμφώνησε ο Ντάνιελ. "Το μόνο πρόβλημα είναι τα χρήματα. Θα κόστιζε αρκετά για να το στήσω μόνος μου. Δεν ξέρω αν μπορώ να το κάνω αυτό τώρα. Θα έχω πολλούς ιατρικούς λογαριασμούς να πληρώσω"

"Το δικηγορικό σας γραφείο δεν έχει ασφάλεια;"

"Έχουν κάποια, αλλά δεν ξέρω πόσα θα καλύψουν. Δεν είμαι πολύ καιρό μαζί τους. Θα πρέπει να περιμένω και να δω".

Η Μάλι αγκαλιάστηκε πιο κοντά στον Ντάνιελ. Έβαλε τα χέρια της πάνω στα δικά του και τον αγκάλιασε σφιχτά. Αναστέναξε. Έπρεπε να πάει να δει τη μαμά της, αλλά δεν ήθελε να αφήσει τον Ντάνιελ.

Η Μάλι γύρισε προς τον Ντάνιελ και σκύβοντας προς τα πίσω του έδωσε ένα γρήγορο φιλί.

"Πρέπει να ελέγξω τη μαμά μου και να δω τι κάνει ο γιατρός. Θα επιστρέψω το συντομότερο δυνατό".

"Κι εγώ." Ο Ντάνιελ έσκυψε μπροστά και έκλεψε άλλο ένα φιλί.

"Αντίο", είπε η Μάλι καθώς εξαφανιζόταν.

Ο Ντάνιελ αναστέναξε. Δεν του άρεσε να είναι μακριά από τη Μάλι. Πήγε στο δικό του κρεβάτι για να δει τι συνέβαινε.

Η νοσοκόμα τελείωσε με το μπάνιο και το μασάζ της Μάλι. Χτένισε τα μαλλιά της και την έντυσε με ένα από τα φορέματα που της έδωσε η Ντέινα. Κρέμασε τη ρόμπα στο πίσω μέρος της πόρτας του ντουλαπιού και έβαλε τα παπούτσια στο κάτω μέρος του ντουλαπιού. Η νοσοκόμα ξέπλυνε το τηγάνι που χρησιμοποιούσε και το άφησε στο μπάνιο. Η Ντέινα μπήκε μέσα καθώς έβγαινε από το μπάνιο.

"Τελείωσες;" ρώτησε η Ντάνα.

"Ναι, τελείωσα. Η Μάλι είναι όμορφη με το φόρεμα που της έφερες". Η νοσοκόμα χαμογέλασε καθησυχαστικά.

"Ναι, το κάνει", συμφώνησε η Ντάνα.

"Θα σε δω αργότερα. Αν χρειαστείς κάτι, απλά πάτα το κουμπί κλήσης". Η νοσοκόμα έφυγε καθώς έδινε αυτές τις οδηγίες.

Η Ντάνα κάθισε δίπλα στο κρεβάτι της Μάλι και της έπιασε το χέρι. "Φαίνεσαι πολύ καλύτερα με τα δικά σου ρούχα και χωρίς αυτή την απαίσια νοσοκομειακή ρόμπα. Χαίρομαι που τα έφερα από το σπίτι". Η Ντέινα μίλησε στη Μάλι καθώς καθόταν εκεί. Αν υπήρχε περίπτωση να την άκουγε η Μάλι, θα συνέχιζε να προσπαθεί να της μιλήσει.

"Σου έφερα και μερικά ρούχα για το σπίτι. Αυτά που φορούσες ήταν σε πολύ κακή κατάσταση. Νομίζω ότι θα πρέπει να πεταχτούν αν η αστυνομία τελειώσει μαζί τους. Δεν ξέρω γιατί ασχολούνται μαζί τους. Ελπίζω να μην ενοχλούν αυτό το αγόρι. Ήταν ένα ατύχημα καθαρό και απλό. Το αγόρι είναι τόσο μικρό. Θα πρέπει να είναι τρομοκρατημένο μέχρι θανάτου. Ξέρω ότι αυτός φταίει που βρίσκεστε εδώ, αλλά ήταν ατύχημα". Η Ντέινα αναστέναξε απαλά. Δεν είχε νόημα να χαλάσει η ζωή αυτού του νέου ανθρώπου εξαιτίας ενός ατυχήματος. Στοιχημάτιζε ότι το νεαρό αγόρι θα ήταν ιδιαίτερα προσεκτικό από εδώ και πέρα. Ήλπιζε μόνο ότι ο Μάλι δεν θα χρειαζόταν να πληρώσει το τίμημα για το μάθημά του.

~

Ο Μπίλι μπήκε στο γραφείο του Μπομπ με ένα χέρι γεμάτο χαρτιά.

"Εδώ είναι οι πληροφορίες που θέλατε για τον γιατρό της Μάλι".

Έδωσε τα χαρτιά στον Μπομπ. Ο Μπομπ πήρε τα χαρτιά αλλά κοίταξε με ανυπομονησία τον Μπίλι.

"Τι λένε;" Ρώτησε.

"Λοιπόν", είπε ο Μπίλι, "αποφοίτησε τρίτος στην τάξη του στο Χάρβαρντ. Πέρασε με άνεση από την εκπαίδευση ειδικευόμενων και ειδικευόμενων. Δεν φαίνεται να έχει πολλούς φίλους εκτός από τον συγκάτοικό του στο Χάρβαρντ. Ο πατέρας του είναι μεγαλοεπιχειρηματίας και η μητέρα του ανήκει στην υψηλή κοινωνία. Περνάει όλο το χρόνο της στη λέσχη της και σε φιλανθρωπικές δραστηριότητες. Ο Μάρκους μεγάλωσε με μια σειρά από νταντάδες. Δεν είχε πολλές προσωπικές επαφές με τους γονείς του, εκτός από τις περιπτώσεις που ήθελαν να τον ντύσουν και να τον επιδείξουν. Ίσως γι' αυτό δεν δείχνει τα συναισθήματά του. Δεν ξέρει πώς".

"Ουάου", είπε ο Μπομπ. "Δεν υπάρχουν μυστικά από το διαδίκτυο. Πώς τα βρήκες όλα αυτά τόσο γρήγορα; Δεν πειράζει." Σήκωσε το χέρι του καθώς ο Μπίλι άρχισε να απαντά. "Δεν θα καταλάβαινα ούτως ή άλλως. Απλώς χαίρομαι που είσαι στην ομάδα μου".

Ο Μπίλι του χάρισε ένα μεγάλο χαμόγελο. "Δεν θα ήμουν πουθενά αλλού, αφεντικό. Μου αρέσει εδώ. Τι θα κάνεις με τον γιατρό;"

"Δεν ξέρω. Θα πρέπει να το σκεφτώ. Ευχαριστώ".

"Βεβαίως, αφεντικό", είπε ο Μπίλι καθώς έβγαινε από το δωμάτιο για να επιστρέψει στη δουλειά του.

"Τώρα που έχω όλες αυτές τις πληροφορίες, τι θα τις κάνω; Υποθέτω ότι πρέπει να τις δείξω στη Ντέινα και να δω τι σκέφτεται". Ο Μπομπ χαμογέλασε με την τέλεια δικαιολογία για να κάνει άλλη μια επίσκεψη στη Ντέινα.

～

"Έχεις νέα από τον Ματ;" Ο Μπράιαν ρώτησε τη Μαίρη.

"Όχι, άφησα μήνυμα. Μέχρι στιγμής, δεν υπάρχει απάντηση".

"Αν μου δώσετε τον αριθμό, ίσως μπορέσω να μάθω κάτι". προσφέρθηκε ο Μπράιαν. Η Κέιτι του χαμογέλασε και του έσφιξε το χέρι για να τον ευχαριστήσει. Ο Μπράιαν χαμογέλασε κι αυτός και ανταπέδωσε τη συμπίεση.

Η Μαρία έψαξε στην τσάντα της και βρήκε τον αριθμό. "Αυτός είναι ο μόνος αριθμός που έχω. Θα χαρώ για οποιαδήποτε βοήθεια. Δεν ξέρω αν έλαβε το μήνυμα που άφησα. Ευχαριστώ για τη βοήθεια".

"Θα προσπαθήσω, αλλά δεν μπορώ να υποσχεθώ τίποτα", απάντησε ο Μπράιαν.

"Το ξέρω, αλλά ευχαριστώ για την προσπάθεια".

Ο Μπράιαν πήρε τον αριθμό που του πρόσφερε και έφυγε από το δωμάτιο. Κατέβηκε στο ενοικιαζόμενο αυτοκίνητό τους και άνοιξε το φορητό του υπολογιστή. Σύντομα το έβαλε σε λειτουργία. Τα δάχτυλά του πετούσαν στα πλήκτρα καθώς έψαχνε πληροφορίες για τον κουνιάδο του. Τα μάτια του Μπράιαν άνοιξαν με τις πληροφορίες που λάμβανε. "Ο Ματ τα πάει καλά", ψιθύρισε. Έβγαλε το κινητό του και κάλεσε τον αριθμό που του είχε δώσει η Μαίρη. Ρίχνοντας μια ματιά στις πληροφορίες από το λάπτοπ του, ο Μπράιαν ζήτησε να μιλήσει με τον διοικητή του Ματ.

"Γεια σας, είμαι ο ταγματάρχης Ντέιβις. Με ποιον μιλάω;"

"Αυτός είναι ο Μπράιαν Σιμς. Τηλεφωνώ για τον Ματ Γκρέι. Είναι υπό την ευθύνη σας και ο αδελφός του βρίσκεται σε κώμα. Η μητέρα του έχει προσπαθήσει να έρθει σε επαφή μαζί του, αλλά δεν είχε καμία τύχη. Αναρωτιόμουν αν θα μπορούσατε να τον ενημερώσετε για το τι συμβαίνει".

"Ένα λεπτό", ο ταγματάρχης Ντέιβις ανέβασε κάποιες πληροφορίες στον υπολογιστή του. "Θα επικοινωνήσω με τον λοχαγό Γκρέι και θα πρέπει να είναι στο σπίτι του αύριο αργά ή νωρίς το επόμενο πρωί. Λυπάμαι που η μητέρα του δυσκολεύτηκε τόσο πολύ να πάρει απάντηση. Παρακαλώ να της δώσετε τις καλύτερες ευχές μου για ταχεία ανάρρωση του γιου της".

"Σας ευχαριστώ. Θα διαβιβάσω το μήνυμά σας".

Ο Μπράιαν έκλεισε τον φορητό υπολογιστή του και, χαμογελώντας πλατιά, κατευθύνθηκε πίσω στο δωμάτιο του Ντάνιελ.

Η Κέιτι έριξε μια ματιά στο πρόσωπο του Μπράιαν και έτρεξε να τον αγκαλιάσει.

"Τα κατάφερες", είπε.

"Ναι, ο Ματ θα πρέπει να είναι εδώ αργά αύριο ή νωρίς το επόμενο πρωί. Ο διοικητής του είπε ότι λυπάται που δυσκολευτήκατε να του στείλετε μήνυμα. Ευχήθηκε επίσης στον Ντάνιελ ταχεία ανάρρωση". Ο Μπράιαν είπε στη Μαίρη.

Η Μαίρη είχε δάκρυα στα μάγουλά της, αλλά ένα χαμόγελο έλαμπε μέσα της. "Σ' ευχαριστώ πολύ, Μπράιαν". Πλησίασε και τον αγκάλιασε σφιχτά.

"Παρακαλώ", "χαίρομαι που μπόρεσα να βοηθήσω", ανταπέδωσε ο Μπράιαν την αγκαλιά της καθώς χαμογέλασε στην Κέιτι πάνω από το κεφάλι της Μαίρης.

"Ο σύζυγός μου, η ιδιοφυΐα", μουρμούρισε η Κέιτι.

Ενώ ο Μπράιαν κανόνιζε την επιστροφή του Ματ στο σπίτι, ο Μπομπ ήταν με την Ντέινα. Της έδειξε τις πληροφορίες που είχε βρει ο Μπίλι για τον Δρ Μάρκους Ντρέικ.

"Θεέ μου", είπε η Ντάνα. "Ο Μπίλι τα βρήκε όλα αυτά τόσο γρήγορα. Καλύτερα να τον κρατήσεις. Είναι ένα παιδί-θαύμα."

"Είναι πραγματικά ένας μάγος. Δεν νομίζω όμως ότι θα του άρεσε να τον αποκαλούν παιδί". Ο Μπομπ χαμογέλασε στην Ντέινα.

"Συγγνώμη", είπε η Ντέινα. "Θα θυμάμαι να μην τον

αποκαλώ έτσι. Ευχαρίστησέ τον εκ μέρους μου για την πληροφορία".

"Θα το κάνω", υποσχέθηκε ο Μπομπ. "Αν και δεν ξέρω τι μπορούμε να κάνουμε με αυτό. Είναι ένας πολύ έξυπνος γιατρός. Απλώς δεν έχει κοινωνικές δεξιότητες".

"Θα πρέπει να το σκεφτώ", είπε η Ντάνα. "Τουλάχιστον, μπορώ να εμπιστευτώ την κρίση του σχετικά με την ιατρική κατάσταση της Μάλι. Τα υπόλοιπα μπορούν να αντιμετωπιστούν αργότερα".

Η Ντέινα στράφηκε προς τον Μπομπ. "Ευχαριστώ που με καθησύχασες για τον Δρ Ντρέικ. Αισθάνομαι καλύτερα γι' αυτόν τώρα. Ήταν τόσο απότομος πριν, που δεν ήμουν σίγουρη ότι μπορούσα να εμπιστευτώ την κρίση του". Αγκάλιασε τον Μπομπ, τον οποίο εκείνος ανταπέδωσε με ενθουσιασμό.

"Ντάνιελ, είσαι εκεί;" σκέφτηκε η Μάλι.

"Ναι, είμαι εδώ. Τι συμβαίνει; Είσαι καλά;"

"Είμαι μια χαρά. Ο Μπομπ μόλις έδωσε στη μαμά μου πολλές πληροφορίες για τον γιατρό μας. Φαίνεται ότι είναι πολύ έξυπνος, οπότε μπορούμε να εμπιστευτούμε την ιατρική του κρίση. Υποθέτω ότι δεν μπορεί να κάνει αλλιώς και να είναι κόπανος".

Ο Ντάνιελ γέλασε απαλά. "Σ' αγαπώ", δήλωσε.

"Κι εγώ σ' αγαπώ. Θέλεις να πάμε στην παραλία;"

"Ναι, σίγουρα", απάντησε ο Ντάνιελ.

Σε μια στιγμή, ήταν μαζί, κρατώντας ο ένας τον άλλον σφιχτά, με τα χείλη τους σφραγισμένα μεταξύ τους.

"Ουάου, ποτέ δεν πίστευα ότι θα έπεφτα σε κώμα όταν ερωτεύτηκα", αγκάλιασε σφιχτά τη Μάλι.

"Ούτε κι εγώ", είπε η Μάλι αγκαλιάζοντας το πηγούνι του Ντάνιελ και γελώντας απαλά. "Χαίρομαι τόσο πολύ που σε βρήκα. Δεν μπορώ να φανταστώ τη ζωή μου χωρίς εσένα".

"Θα το ξεπεράσουμε αυτό και θα είμαστε μαζί. Είναι γραφτό να γίνει. Είσαι φτιαγμένος για μένα".

"Κι εσύ είσαι για μένα", απάντησε η Μάλι.

Γύρισαν και, αγκαλιάζοντας ο ένας τη μέση του άλλου, άρχισαν να περπατούν στην παραλία.

ΚΕΦΑΛΑΙΟ 5

"Ωχ", αναφώνησε η Μάλι.

"Τι συμβαίνει;" ρώτησε ο Ντάνιελ.

"Νομίζω ότι μόλις πήρα άλλη μια ευκαιρία. Πρέπει να με κατεβάζουν για άλλο ένα σκανάρισμα. Υποθέτω ότι θέλουν να ελέγξουν το πρήξιμο. Υποθέτω ότι θα με πάρει πάλι ο ύπνος. Καλύτερα να βρούμε ένα καλό μέρος να καθίσουμε".

Ο Ντάνιελ οδήγησε τη Μάλι σε ένα μέρος που χρησιμοποιούσαν πριν για να κάθονται και να χαλαρώνουν. Κάθισε και την τράβηξε στην αγκαλιά του.

"Απλά χαλάρωσε", είπε στη Μάλι. "Σε κρατάω. Όλα θα πάνε καλά".

Η Μάλι αγκαλιάστηκε στην αγκαλιά του και μέσα σε λίγα λεπτά αποκοιμήθηκε.

Ο Ντάνιελ καθόταν και την κρατούσε σφιχτά, προσευχόμενος ότι όλα θα πάνε καλά.

Η Ντέινα έβαλε τα χαρτιά του Μπομπ στην τσάντα της. Δεν ήθελε να ρισκάρει να τα δει κάποιος άλλος. Θα μπορούσε να προκαλέσει άσχημα συναισθήματα στον γιατρό αν το μάθαινε.

Ο Μπομπ έφυγε λέγοντας ότι θα επιστρέψει σύντομα. Ήταν τόσο αφηρημένη που δεν σκέφτηκε να ρωτήσει πού πήγαινε. Όταν ήρθε η νοσοκόμα για να πάρει τη Μάλι για άλλη μια εξέταση, η Ντάνα ήταν έτοιμη να πάει μαζί της. Η νοσοκόμα δεν προσπάθησε να τη σταματήσει αυτή τη φορά. Απλώς σήκωσε τους ώμους και, αφού έκανε μια ένεση στη Μάλι, την ετοίμασε να φύγει. Ο ίδιος νοσοκόμος περίμενε έξω από το δωμάτιο για να τους βοηθήσει να κατέβουν στις ακτίνες Χ. Η εξέταση κύλησε ομαλά. Χρειάστηκαν μόνο τριάντα λεπτά αυτή τη φορά. Σύντομα βρέθηκαν και πάλι στο δωμάτιο του νοσοκομείου.

Η Ντέινα δεν μπορούσε παρά να κάθεται και να περιμένει τον γιατρό να της πει τα αποτελέσματα αυτής της τελευταίας εξέτασης.

～

Στην παραλία, η Μάλι άρχισε να αναστατώνεται καθώς η δόση του πυροβολισμού εξασθένησε. Κοίταξε τον Ντάνιελ και χαμογέλασε. "Αυτό αρχίζει να γίνεται συνήθεια".

"Θα σε κρατάω πάντα όταν με χρειάζεσαι", υποσχέθηκε.

Η Μάλι κοίταξε σοβαρά τον Ντάνιελ. "Θα έχουμε πάντα, Ντάνιελ;" ρώτησε.

Ο Ντάνιελ έσφιξε τα χέρια του γύρω της. "Ναι", απάντησε. "Δεν θα το δεχτώ αλλιώς. Δεν πρόκειται να σε χάσω τώρα που σε βρήκα. Με κάποιον τρόπο θα είμαστε μαζί". Η Μάλι καθησυχάστηκε, αλλά εξακολουθούσε να ανησυχεί. "Δεν είχα την ευκαιρία να σου το πω πριν", είπε ο Ντάνιελ, "αλλά ο μεγαλύτερος αδελφός μου, ο Ματ, θα είναι εδώ αύριο ή μεθαύριο. Ο Μπράιαν το κανόνισε. Κατάφερε να επικοινωνήσει με κάποιον υπεύθυνο και τα πράγματα πήγαν αρκετά γρήγορα αφού μίλησε με τον διοικητή του Ματ".

"Χαίρομαι τόσο πολύ για τη μητέρα σου. Ξέρω ότι θα την κάνει να νιώσει καλύτερα όταν δει τον αδελφό σου", είπε η Μάλι.

"Ναι", ανησύχησε όταν δεν μπόρεσε να φτάσει τον Ματ. Με εμένα στο νοσοκομείο, ήταν πραγματικά αγχωμένη για όλα τα άλλα. Ήθελε να έχει τον έλεγχο. Αφού δεν μπορούσε να κάνει τίποτα για την κατάστασή μου, έπρεπε να βρει κάτι άλλο να ελέγξει. Το να έχει τον Ματ και την Κέιτι εδώ θα βοηθήσει". Ο Ντάνιελ εξήγησε στη Μάλι.

"Το ξέρω. Είμαι τόσο ευγνώμων που η μαμά μου έχει τον Μπομπ να της αποσπά την προσοχή. Ξέρω ότι έχει αισθήματα γι' αυτόν και φαίνεται ότι κι εκείνος έχει αισθήματα γι' αυτήν. Είναι μεγάλη βοήθεια... Ελπίζω να μπορέσουν να βρεθούν μαζί όταν ξυπνήσω και όλα να επανέλθουν στο φυσιολογικό", εξήγησε η Μάλι στον Ντάνιελ με σοβαρότητα.

"Τα πράγματα δεν πρόκειται ποτέ να ξαναγίνουν φυσιολογικά. Τουλάχιστον όχι το κανονικό του παρελθόντος, γιατί, όταν ξυπνήσουμε, θα είμαστε μαζί. Θα έχουμε μια νέα κανονικότητα". Ο Ντάνιελ κράτησε τη Μάλι κοντά του.

"Ναι, μια νέα κανονικότητα", αναστέναξε η Μάλι.

"Γεια σας", είπε ο Μπομπ καθώς έβαλε το κεφάλι του στην πόρτα της Μάλι. "Έχεις όρεξη για κινέζικο φαγητό; Έχω ακόμα και ξυλάκια ή πιρούνια αν τα χρειαστείς".

"Λατρεύω το κινέζικο φαγητό και τα ξυλάκια θα είναι μια χαρά. Σας ευχαριστώ. Πώς ήξερες ότι μου αρέσει το κινέζικο;" Η Ντέινα ήρθε μπροστά για να βοηθήσει τον Μπομπ με όλα τα πακέτα φαγητού.

"Δεν ξεχνάω ποτέ τίποτα για σένα", απάντησε ο Μπομπ. "Βγήκες για κινέζικο φαγητό με την Τζέιν πριν από περίπου ένα χρόνο. Παρεμπιπτόντως, όλοι στο γραφείο στέλνουν τους χαιρετισμούς τους και ήθελαν να ευχηθούν στη Μάλι ταχεία ανάρρωση".

"Ευχαρίστησέ τους εκ μέρους μου. Είναι μια σπουδαία ομάδα ανθρώπων". Η Ντέινα δάκρυσε στη σκέψη της φιλικότητας των συναδέλφων της.

"Τώρα, όχι δάκρυα", είπε ευγενικά ο Μπομπ. Η Μάλι θα είναι μια χαρά. Φάε."

Η Ντέινα έψαξε για το νόστιμο φαγητό που μύριζε υπέροχα. "Ω", βογκούσε, "Είναι υπέροχο. Χαίρομαι τόσο πολύ που το σκέφτηκες".

"Λοιπόν, δεν είναι όπως το φανταζόμουν το πρώτο μας γεύμα μαζί, αλλά θα πάρω ό,τι μπορώ να πάρω. Χαίρομαι που μπορώ να βοηθήσω λίγο". Ο Μπομπ χάρισε στη Ντέινα ένα πλατύ χαμόγελο, το οποίο εκείνη ανταπέδωσε αφού κατάπιε μια μπουκιά κινέζικο φαγητό.

"Βοηθήσατε περισσότερο από λίγο. Θα ήμουν χαμένος χωρίς εσένα. Είμαι τόσο ευγνώμων για τη βοήθεια και την υποστήριξή σας, υπήρξατε ευλογία για μένα". Η Ντέινα χαμογέλασε με δάκρυα στα μάτια και πήγε να αγκαλιάσει τον Μπομπ. Τον αγκάλιασε σφιχτά για μια στιγμή και μετά τον άφησε. "Σας ευχαριστώ πάρα πολύ", είπε ξανά.

"Χαίρομαι που μπόρεσα να βοηθήσω. Εσείς και η Μάλι είστε οικογένεια για μένα. Θα είμαι πάντα εδώ για σας. Όταν η Μάλι γίνει καλά, θα σας βγάλω έξω για μια μεγάλη γιορτή". Ο Μπομπ διαβεβαίωσε την Ντέινα.

"Θα το περιμένω με ανυπομονησία", συμφώνησε η Ντάνα.

"Ωραία", είπε ο Μπομπ. Εκείνος και η Ντέινα άρχισαν να τακτοποιούν το φαγητό που είχε περισσέψει. Όταν τα μάζεψαν όλα, ο Μπομπ έφυγε για να πάει στο γραφείο του. Η Ντέινα χαμογέλασε καθώς αγκαλιαζόταν. Αν η Μάλι απλά ξυπνούσε, όλα θα ήταν τέλεια.

Η Ντέινα περίμενε μόνο λίγη ώρα, όταν ο γιατρός μπήκε μέσα για να ελέγξει τη Μάλι. Πήγε και έλεγξε το διάγραμμα της. Κοίταξε το χρώμα της και ένιωσε το δέρμα της.

"Συμβαίνει κάτι;" ρώτησε η Ντέινα

"Όχι, απλά εξεπλάγην από το πόσο ζεστή είναι η ασθενής και έχει πολύ καλό χρώμα", απάντησε.

"Το όνομά της είναι Μάλι", είπε η Ντάνα.

"Τι;" ρώτησε ο Δρ Ντρέικ.

"Το όνομα της κόρης μου είναι Μαλίντα ή Μάλι. Δεν είναι απλώς "η ασθενής". " εξήγησε η Ντάνα.

"Ναι, φυσικά", ο Δρ Ντρέικ την κοίταξε περίεργα, αλλά δεν είπε τίποτα.

"Έχει υποχωρήσει το πρήξιμο;" ρώτησε η Ντέινα.

"Ναι, έχει. Χρειάζεται ακόμη να κατέβει περισσότερο. Δεν φαίνεται ότι το θραύσμα του οστού έχει εισχωρήσει στον εγκέφαλό της. Φαίνεται σαν να έχει μετακινηθεί προς το πίσω μέρος του κεφαλιού της καθώς το πρήξιμο έχει μειωθεί. Αν συνεχίσει να κατεβαίνει, θα είναι πολύ απλό να αφαιρεθεί. Θα πρέπει να το παρακολουθούμε στενά. Αν αρχίσει να έχει κρίσεις ή σπασμούς, ενημερώστε αμέσως τη νοσοκόμα". Ο Δρ Ντρέικ κινήθηκε προς την πόρτα.

"Σας ευχαριστώ, Δρ Ντρέικ", είπε η Ντέινα.

"Ναι", απάντησε. Κοίταξε και πάλι παράξενα τη Ντέινα, πριν φύγει.

Η Ντέινα χαμογέλασε στον εαυτό της. "Με μέλι πιάνεις περισσότερες μύγες παρά με ξύδι", σκέφτηκε.

Η επόμενη στάση του Δόκτωρ Ντρέικ ήταν το δωμάτιο του Ντάνιελ. Μπήκε μέσα και φάνηκε να ξαφνιάζεται βλέποντας τόσους πολλούς ανθρώπους μαζί με τον ασθενή. Ο Μπράιαν και η Κέιτι ήταν εκεί, όπως και η Μαίρη και ο Χέρμαν. Ο δρ Ντρέικ πήγε στο διάγραμμα του Ντάνιελ και το έλεγξε. Έλεγξε το χρώμα του και την αίσθηση του δέρματός του.

"Τι κάνει;" ρώτησε η Μαίρη.

"Τα πάει καλύτερα. Το χρώμα του είναι καλό και το δέρμα του είναι ζεστό στην αφή. Σύμφωνα με το διάγραμμά του, η εγκεφαλική του δραστηριότητα έχει αυξηθεί. Το αντιπηκτικό φαίνεται να δουλεύει", μετέφερε τα νέα αυτά ο Δρ Ντρέικ με ψυχρό τόνο. "Μπορούμε να συνεχίσουμε τη θεραπεία προς το παρόν". Ο Δρ Ντρέικ έγνεψε σε όλους και βγήκε από την πόρτα.

"Σας ευχαριστώ, Δρ Ντρέικ", φώναξε η Μαίρη καθώς έφευγε.

Ο Δρ Ντρέικ απλώς κούνησε το χέρι του προς τη γενική της κατεύθυνση καθώς έβγαινε από την πόρτα.

Ο Χέρμαν κοίταξε τη Μαίρη. "Γιατί είσαι τόσο καλή με τον γιατρό;" ρώτησε με περιέργεια.

Η Μαρία χαμογέλασε στην περίεργη οικογένειά της. "Επειδή η Ντέινα μου είπε ότι με μέλι πιάνεις περισσότερες μύγες παρά με ξύδι", απάντησε χαμογελώντας.

Η οικογένειά της απλώς την κοιτούσε με μπερδεμένες εκφράσεις στα πρόσωπά της. Η Μαίρη γέλασε απαλά. Όλοι χαλάρωσαν. Ήταν ωραίο να βλέπεις τη Μαίρη να χαλαρώνει, όποιος κι αν ήταν ο λόγος.

ΚΕΦΆΛΑΙΟ 6

Το επόμενο βράδυ, ένα στρατιωτικό όχημα σταμάτησε μπροστά από το νοσοκομείο. Ένας στρατιώτης βγήκε από το όχημα και στη συνέχεια ο οδηγός έκανε τον γύρο για να βρει θέση στάθμευσης.

Ο Μπράιαν περίμενε στο λόμπι αναζητώντας τον Ματ. Χαμογέλασε με αυτή την επίδειξη κύρους. "Πώς είσαι, καπετάνιε;" ρώτησε χαμογελώντας καθώς άπλωσε το χέρι του στον Ματ.

"Τα πάω καλά", απάντησε ο Ματ. Έδωσε το δικό του χαμόγελο και τράβηξε τον Μπράιαν σε μια αγκαλιά.

"Τι κάνει ο Ντάνιελ;" ρώτησε.

"Νομίζω ότι τα πάει καλύτερα. Το αντιπηκτικό φαίνεται να δουλεύει, αλλά είναι ακόμα σε κώμα". Του είπε ο Μπράιαν καθώς κατευθύνονταν προς το ασανσέρ για να ανέβουν στο δωμάτιο του Ντάνιελ.

"Κοιτάξτε ποιος ήρθε", ανακοίνωσε ο Μπράιαν καθώς προηγήθηκε του Ματ στο δωμάτιο του Ντάνιελ.

Όλοι κοίταξαν προς το μέρος του με προσδοκία.

"Ω, Ματ!" αναφώνησε η Μαίρη. Έσπευσε να σφίξει σφιχτά τον μεγαλύτερο γιο της. Ο Ματ την αγκάλιασε κι αυτός και έφτασε να σφίξει το χέρι του πατέρα του.

"Λυπάμαι που δεν μπόρεσα να έρθω νωρίτερα. Γεια σου, Κέιτι". Άπλωσε το χέρι του για να αγκαλιάσει την αδελφή του.

"Κοίτα να δεις", αναφώνησε η Κέιτι. "Δεν είσαι κούκλα;"

Ο Ματ χαμογέλασε. "Ο νέος μου βαθμός ήρθε πριν από λίγες ημέρες. Είμαι λοχαγός τώρα".

"Αυτό είναι υπέροχο", αναφώνησε η Κέιτι.

"Ματ, είμαστε τόσο περήφανοι και χαρούμενοι για σένα", είπε η Μαίρη.

"Ναι, είμαστε. Τα πήγες καλά." συνέβαλε ο Χέρμαν. "Πόσο καιρό θα μπορέσετε να μείνετε;" ρώτησε.

"Πρέπει να επικοινωνήσω με τον διοικητή μου, αλλά έχω μια εβδομάδα πριν επιστρέψω".

Ο Ματ στράφηκε προς το κρεβάτι του Ντάνιελ. Ήταν παράξενο να βλέπει τον μικρό του αδελφό να είναι ξαπλωμένος εκεί, τόσο ακίνητος.

Πλησίασε στο κρεβάτι και έπιασε το χέρι του Ντάνιελ.

"Ει, μικρέ αδερφέ, τι κάνεις, μας τρομάζεις μέχρι εδώ; Δεν ξέρεις ότι υποτίθεται ότι θα έπρεπε να κυνηγάς κορίτσια ή να αυξάνεις τον αριθμό των εγγονών της μαμάς. Δεν μπορείς να μας κάνεις καμιά βλακεία, τώρα. Σε χρειαζόμαστε για λίγο ακόμα. Γύρνα πίσω και πάλεψε. Μπορείς να το κάνεις. Βρες το δρόμο για να γυρίσεις πίσω σε μας, Ντάνιελ". Τα μάτια του Ματ ήταν υγρά, καθώς έσφιξε για τελευταία φορά το χέρι του Ντάνιελ και έφυγε από το κρεβάτι.

"Τι του συνέβη;" ρώτησε γενικά το δωμάτιο.

"Είχε ανεύρυσμα", απάντησε η Μαίρη. "Ο γιατρός είπε ότι ο θρόμβος σχηματίστηκε από μια μελανιά στο πόδι του. Ταξίδεψε προς τα πάνω και προκαλεί απόφραξη. Αυτό του προκάλεσε εγκεφαλικό επεισόδιο. Ο γιατρός του δίνει ένα αντιπηκτικό για να διαλύσει τον θρόμβο. Αν αυτό δεν λειτουργήσει, θα πρέπει να τον χειρουργήσουν. Δεν θα ξέρουν αν υπάρχει άλλη βλάβη μέχρι να ξυπνήσει".

"Δεν υπάρχει κάτι άλλο που μπορούν να δοκιμάσουν;" Ο Ματ έδειχνε τόσο απογοητευμένος όσο ένιωθαν όλοι.

"Όχι, το μόνο που μπορούμε να κάνουμε είναι να περιμένουμε", είπε ο Χέρμαν.

Ο Ματ κοίταξε τους πάντες. "Ταξιδεύω τις τελευταίες δώδεκα ώρες. Θα μπορούσα να πάω στο σπίτι, να κάνω ένα ντους και να φάω κάτι;"

"Βέβαια", η Μαίρη άρπαξε την τσάντα της και, βγάζοντας το κλειδί της, το έδωσε στον Ματ. "Γιατί δεν παίρνεις έναν υπνάκο όσο είσαι εκεί; Έδωσε στον Ματ άλλη μια αγκαλιά. "Χαίρομαι πολύ που σε βλέπω", είπε.

"Κι εγώ χαίρομαι που σε βλέπω, μαμά", είπε ο Ματ καθώς ανταπέδωσε την αγκαλιά της μητέρας του. Στη συνέχεια, χαιρετώντας τους όλους με ένα μικρό χαιρετισμό, ξεκίνησε να βγαίνει από το δωμάτιο.

"Θέλεις να σε πάω κάπου;" ρώτησε ο Χέρμαν.

"Όχι", απάντησε. "Έχω αυτοκίνητο και οδηγό που περιμένουν. Εξαφανίστηκε από την πόρτα.

Ο Μπράιαν γέλασε με τα βλέμματά τους. "Έχει ένα στρατιωτικό όχημα και έναν οδηγό κάτω. Τον είδα όταν ήρθε. Ο οδηγός τον άφησε ακριβώς μπροστά στην πόρτα και έφυγε για να παρκάρει το αυτοκίνητο".

"Λοιπόν, φανταστείτε το", είπε η Μαίρη.

Ο Ντάνιελ γέλασε με τον εαυτό του. Η μαμά του είχε εντυπωσιαστεί από τον μεγαλύτερο αδελφό του. "Μάλι", σκέφτηκε.

"Γεια σου, Ντάνιελ", απάντησε η Μάλι μέσα στις σκέψεις της.

"Ο αδελφός μου ήταν εδώ. Η μαμά μου εντυπωσιάστηκε γιατί τον περίμενε αυτοκίνητο και οδηγός".

"Αυτό είναι ωραίο", σκέφτηκε η Μάλι.

"Είσαι καλά; Δεν ακούγεσαι ο εαυτός σου".

"Είμαι εντάξει. Υποθέτω ότι θα έπρεπε να είμαι χαρούμενη, ο γιατρός είπε στη μαμά ότι το θραύσμα του οστού δεν είναι στον

εγκέφαλό μου. Έχει μετακινηθεί προς τα κάτω. Θα πρέπει να το χειρουργήσουν για να το βγάλουν, αλλά δεν θα είναι σοβαρή επέμβαση. Πιστεύεις ότι θα χρειαστεί να μου κόψουν τα μαλλιά; ρώτησε η Μάλι.

Ο Ντάνιελ γέλασε. "Δεν ξέρω, αλλά θα ξαναβγούν και ακόμα και με τα κουρεμένα σου μαλλιά, θα είσαι ακόμα όμορφη. Σ' αγαπώ, Μάλι. Μου αρέσουν τα μαλλιά σου, αλλά σε αγαπώ".

Σε ευχαριστώ, Ντάνιελ. Κι εγώ σ' αγαπώ. Σ' ευχαριστώ που με έκανες να νιώσω καλύτερα".

"Θέλεις να πάμε μια βόλτα;" ρώτησε ο Ντάνιελ.

"Μπορούμε να περάσουμε από το σπίτι μας. Δεν έχω όρεξη να περπατήσω, αλλά θα ήθελα να με αγκαλιάσεις".

"Πάμε", είπε ο Ντάνιελ.

Βρέθηκε αμέσως στην παραλία και η Μάλι τον συνάντησε. Βυθίστηκαν και ο Ντάνιελ έκλεισε τη Μάλι στην αγκαλιά του.

"Τώρα νιώθω ασφαλής", αναστέναξε η Μάλι.

Ο οδηγός του Ματ τον άφησε στο σπίτι των γονιών του.

"Έλα να με πάρεις σε δύο ώρες", είπε ο Ματ.

"Βεβαίως, λοχαγέ", απάντησε ο στρατιώτης χαιρετώντας τον Ματ, ο οποίος τον ανταπέδωσε.

Ο Ματ γύρισε και μπήκε στο πατρικό του σπίτι. Στάθηκε ακριβώς μέσα στην πόρτα και κοίταξε γύρω του. Είχαν γίνει κάποιες αλλαγές, αλλά τίποτα σημαντικό. Ο διάδρομος είχε βαφτεί και μπορούσε να δει έναν ανεμιστήρα να γυρίζει στο σαλόνι στα αριστερά του. Μπήκε μέσα, εξερευνώντας για να δει τι άλλο είχε αλλάξει σε σχέση με την τελευταία του επίσκεψη πριν από δύο χρόνια. Υπήρχε ένα καινούργιο φυτό στο περβάζι του παραθύρου στην κουζίνα. Ήταν ένα μεγάλο φυλλώδες φυτό και ο Ματ χαμογέλασε όταν σκέφτηκε τον πράσινο αντίχειρα της μητέρας του. Μπορούσε να κάνει τα πάντα να μεγαλώσουν.

Ο Ματ συνέχισε να ανεβαίνει τις σκάλες και να μπαίνει στο παλιό του υπνοδωμάτιο. Η μητέρα του το είχε μετατρέψει σε δωμάτιο ραπτικής, αλλά εξακολουθούσε να έχει το μονό κρεβάτι του, οπότε δεν υπήρχε λόγος να ψάχνει για κάπου αλλού να κοιμηθεί. Αυτό θα ήταν μια χαρά όσο ήταν εδώ.

Ο Ματ ανέβασε τον σάκο του στο κρεβάτι και έβγαλε τα ρούχα από αυτόν. Κρέμασε τα ρούχα του σε έναν γάντζο στο πίσω μέρος της πόρτας της ντουλάπας. Ήθελε απλώς να δώσει την ευκαιρία στις ρυτίδες να πέσουν. Άρχισε να γδύνεται για το ντους του, όταν άκουσε ένα τηλεφώνημα από κάτω. Πηγαίνοντας προς την κεφαλή της σκάλας, κοίταξε κάτω στο διάδρομο.

"Μπορώ να σας βοηθήσω;" ρώτησε τη νεαρή κοπέλα που στεκόταν εκεί.

Η κοπέλα σήκωσε το κεφάλι της στο άκουσμα της φωνής του. "Ω", απάντησε. "Συγγνώμη. Νόμιζα ότι η Μαίρη ή ο Χέρμαν θα ήταν εδώ. Ήθελα να μάθω για την κατάσταση του Ντάνιελ".

"Δεν υπήρξε καμία αλλαγή", απάντησε ο Matt. "Είμαι ο αδελφός του Ντάνιελ, ο Ματ. Σε γνωρίζω;" Φαινόταν γνωστή, αλλά ο Ματ δεν μπορούσε να την εντοπίσει.

"Ναι, με ξέρεις", απάντησε. "Μένω δίπλα. Είμαι η Μπάρμπαρα Σμιθ. Είμαι το μυξιάρικο παιδάκι που συνήθιζε να τρελαίνει εσένα και τον Ντάνιελ".

Ο Ματ χαμογέλασε καθώς κατέβαινε τις σκάλες και την πλησίαζε. "Ο χρόνος έχει κάνει αρκετή βελτίωση", δήλωσε.

"Πρόσεχε, φίλε", είπε η Μπάρμπαρα χαμογελώντας του. "Θα έλεγα ότι είχες τις δικές σου βελτιώσεις", είπε ρίχνοντας μια ματιά.

"Ναι", συμφώνησε ο Ματ. "Υποθέτω ότι και οι δύο έχουμε ωριμάσει. Πόσος καιρός έχει περάσει από τότε που έχουμε να δούμε ο ένας τον άλλον;"

"Έξι χρόνια", απάντησε η Μπάρμπαρα. "Έλειπα στο κολέγιο

πριν από δύο χρόνια, όταν κάνατε μια γρήγορη επίσκεψη στο σπίτι".

"Ω." Ο Ματ την κοίταξε διερευνητικά. "Τι σπούδασες στο κολέγιο;"

"Μαγειρεύω", είπε η Μπάρμπαρα περήφανα. "Έχω ένα ζαχαροπλαστείο στο κέντρο της πόλης. Φτιάχνω τα καλύτερα ντόνατς εδώ γύρω".

"Αυτό είναι υπέροχο", είπε ο Ματ. "Θα πρέπει να περάσω από εκεί όσο θα είμαι εδώ".

"Πόσο καιρό θα μείνετε;" ρώτησε η Μπάρμπαρα.

"Μια εβδομάδα", είπε ο Ματ. "Ελπίζω ότι ο Ντάνιελ θα γίνει καλά πριν φύγω".

"Το ελπίζω κι εγώ. Έχω ενημερωθεί από τη Μαίρη και τον Χέρμαν. Μέχρι και η Κέιτι πέρασε από το ζαχαροπλαστείο για λίγα λεπτά. Στην πραγματικότητα ήρθε για να πάρει μερικά ντόνατς, αλλά χάρηκα που τη είδα. Ήμασταν κάποτε καλές φίλες. Ήταν η αδελφή που πάντα ήθελα. Όταν ήμασταν μαζί, κάναμε κάθε είδους αταξία. Με βοήθησε να κάνω μερικά από τα κόλπα που έκανα σε σένα και τον Ντάνιελ. Χάρηκα γι' αυτήν όταν τα βρήκε με τον Μπράιαν, αλλά λυπήθηκα που μετακόμισαν τόσο μακριά. Δεν την βλέπω σχεδόν ποτέ τώρα. Η μαμά σου με κρατάει ενήμερη για το τι συμβαίνει με όλους σας. Όταν η Κέιτι πέρασε από τον φούρνο, μου έδειξε μερικές φωτογραφίες του κοριτσιού της. Είναι αξιολάτρευτη".

"Ναι, είναι", συμφώνησε ο Ματ. "Η μαμά με ενημέρωνε επίσης με φωτογραφίες από το πρώτο της εγγόνι".

"Λοιπόν", είπε η Μπάρμπαρα. "Καλύτερα να φύγω και να σας αφήσω να συνεχίσετε αυτό που κάνατε. Χάρηκα που σε είδα. Μην ξεχάσεις να περάσεις για μερικά ντόνατς".

"Κι εγώ χάρηκα που σε είδα. Ελπίζω να σε ξαναδώ όσο θα είμαι εδώ".

Η Μπάρμπαρα γύρισε και του έριξε ένα χαμόγελο φεύγοντας. Ο Ματ ένιωσε την αναπνοή του να κόβεται καθώς επέστρεφε επάνω για να κάνει το καθυστερημένο ντους του.

~

Η Μάλι κουνήθηκε εκεί που βρισκόταν τυλιγμένη στην αγκαλιά του Ντάνιελ. Ο Ντάνιελ είχε ακουμπήσει σε έναν ογκόλιθο και κοιμόντουσαν και οι δύο. Ο Ντάνιελ ξύπνησε όταν ένιωσε τη Μάλι να κινείται.

"Από πού προήλθε αυτό;" ρώτησε, δείχνοντας τον ογκόλιθο.

"Ευχήθηκα κάτι για να ακουμπήσω και εμφανίστηκε". Ο Ντάνιελ χαμογέλασε στη Μάλι. "Είναι βολικό να έχεις αυτό που εύχεσαι".

"Λοιπόν", είπε η Μάλι. "Ευχήθηκα να γίνουμε και οι δύο καλά, αλλά μέχρι στιγμής δεν έχει συμβεί".

"Το ξέρω, αλλά θα γίνει. Εσύ κι εγώ θα έχουμε μια μακρά ζωή μαζί". Ο Ντάνιελ την αγκάλιασε σφιχτά.

"Πρέπει να γυρίσουμε πίσω και να δούμε τι συμβαίνει. Ενημέρωσέ με αμέσως μόλις μάθεις κάτι", είπε στη Μάλι.

"Θα το κάνω. Ενημέρωσέ με για το τι έχει σχεδιάσει ο γιατρός για σένα. Θέλω να είμαι εκεί μαζί σου, ό,τι κι αν συμβεί".

"Εντάξει", συμφώνησε ο Ντάνιελ.

Μετά από άλλη μια αγκαλιά και ένα φιλί επέστρεψαν στα σώματά τους.

~

Η Ντέινα κοιμόταν ακόμα, αλλά ανασηκώθηκε όταν επέστρεψε η Μάλι. Ήταν σχεδόν σαν να ένιωθε την παρουσία της Μάλι. Ξανακοιμήθηκε. Και η Μάλι αποκοιμήθηκε. Παρόλο που εκείνη και ο Ντάνιελ είχαν κοιμηθεί, ήταν ακόμα κουρασμένη. Ίσως είχε να κάνει με το κώμα.

"Καληνύχτα, αγάπη μου", σκέφτηκε στον Ντάνιελ.

"Καληνύχτα, αγάπη μου", απάντησε ο Ντάνιελ μέσα στις σκέψεις του.

Η Μάλι χαμογέλασε στον εαυτό της. Ήταν τόσο χαρούμενη που είχε τον Ντάνιελ στη ζωή της.

~

Η νοσοκόμα ήρθε νωρίς. Η Ντάνα μόλις είχε ξυπνήσει. Άρχισε να προετοιμάζει τη Μάλι για άλλη μια σάρωση.

"Δεν είναι λίγο νωρίς για άλλη μια σάρωση;" ρώτησε η Ντάνα.

"Ο Δρ Ντρέικ ήθελε να ελέγξει το θραύσμα του οστού. Θέλει να το βγάλει το συντομότερο δυνατό". Η νοσοκόμα δεν σταμάτησε ποτέ σε αυτό που έκανε.

Η Ντάνα κοίταξε με κατσούφιασμα. Ήλπιζε ότι όταν η Μάλι γινόταν νοσοκόμα θα είχε καλύτερη συμπεριφορά. Οι άνθρωποι σε αυτό το νοσοκομείο, τουλάχιστον οι περισσότεροι από αυτούς, θα μπορούσαν να αλλάξουν συμπεριφορά. Μερικοί από αυτούς ήταν τόσο απότομοι.

~

"Ντάνιελ", σκέφτηκε η Μάλι. "Θα με κατεβάσουν για άλλη μια εξέταση".

"Μόλις είχες ένα. Δεν πειράζει. Συνάντησέ με στην παραλία. Ξέρουμε ότι θα κοιμηθείς για περίπου μια ώρα".

"Εντάξει."

Ο Ντάνιελ και η Μάλι εμφανίστηκαν αμέσως στη θέση τους στην παραλία. Ο Ντάνιελ την αγκάλιασε και βυθίστηκαν μαζί στην άμμο σε μια καλή θέση ξεκούρασης. Ο Ντάνιελ έγειρε πίσω στον ογκόλιθο και τράβηξε τη Μάλι πιο κοντά στην αγκαλιά του. Η Μάλι αγκαλιάστηκε μαζί του και σχεδόν αμέσως αποκοιμήθηκε.

Περίπου σαράντα πέντε λεπτά αργότερα, η Μάλι άρχισε να κινείται.

Ο Ντάνιελ συνοφρυώθηκε καθώς κοίταξε τη Μάλι.

"Σας φαίνεται ότι το φάρμακο που σας δίνουν πριν από τη σάρωση, εξασθενεί πιο γρήγορα;" Ο Ντάνιελ ρώτησε τη Μάλι.

Η Μάλι τσαλάκωσε τη μύτη της σκεπτόμενη.

"Ναι, το κάνει." Αναρωτιέμαι τι σημαίνει αυτό. Λέτε να

αναπτύσσω ανοχή στο φάρμακο; Αυτό δεν μπορεί να είναι καλό". Η Μάλι συνοφρυώθηκε. "Δεν ξέρω τι μπορώ να κάνω γι' αυτό. Δεν έχω τρόπο να τους ενημερώσω. Θα έπρεπε να με παρακολουθούν, αλλά δεν νομίζω ότι το κάνουν". Αναστέναξε. "Ίσως να τελειώσει σύντομα. Αν το οστό είναι στο σωστό σημείο, ο γιατρός θα το βγάλει. Τότε δεν θα πρέπει να κάνω όλες αυτές τις εξετάσεις".

Ο Ντάνιελ της έδωσε άλλη μια καθησυχαστική συμπίεση. "Πάμε να δούμε τι θα δείξει η σάρωση".

~

Αυτός και η Μάλι βρέθηκαν αμέσως στα δωμάτιά τους.

Η Ντέινα μιλούσε στο τηλέφωνο με τον Μπομπ.

"Η νοσοκόμα την κατέβασε για άλλη μια σάρωση", απάντησε η Ντέινα σε μια ερώτηση που δεν ακούστηκε. "Απλά πρέπει να περιμένω τον γιατρό να μου πει τα αποτελέσματα. Όχι, δεν χρειάζεται να έρθεις από εδώ τώρα. Απλώς κάθομαι εδώ και περιμένω τα αποτελέσματα. Ξέρω ότι η επιχείρησή σου σε χρειάζεται. Θα σου τηλεφωνήσω όταν μάθω κάτι. Αντίο."

Η Ντάνα έκλεισε το τηλέφωνο. Περπάτησε προς το κρεβάτι της Μάλι. "Ω, Μάλι, σε παρακαλώ, να είσαι καλά. Δεν αντέχω στη σκέψη ότι θα σε χάσω. Σε παρακαλώ, γύρνα πίσω σε μένα". Η Ντέινα κρατούσε το χέρι της Μάλι καθώς την παρακαλούσε να γίνει καλά. Σε παρακαλώ, Μάλι", είπε κλαίγοντας απαλά.

~

Η Κέιτι είχε πείσει τη Μαίρη να πάει σπίτι για ένα ντους και φαγητό και ίσως για έναν υπνάκο. Ο Μπράιαν έμενε με τον Ντάνιελ. Ο Χέρμαν αναμενόταν σύντομα και ο Ματ θα επέστρεφε. Ήταν η τέλεια στιγμή για τη Μαίρη να κάνει ένα διάλειμμα. Ο Μπράιαν μιλούσε στον Ντάνιελ σαν να μπορούσε να ακούσει όλα όσα λέγονταν. Του μίλησε για την ανιψιά του και τα πράγματα που είχε κάνει. Ήταν ένα πολύ δραστήριο παιδί και κρατούσε την Κέιτι και τον Μπράιαν σε εγρήγορση, αλλά την αγαπούσαν πολύ, κάτι που ακουγόταν δυνατά και καθαρά καθώς μιλούσε ο Μπράιαν.

Ο Ντάνιελ γέλασε με τον εαυτό του.

~

"Τι είναι αστείο;" ρώτησε η Μάλι.

"Μόλις άκουγα τον Μπράιαν να μιλάει για το κοριτσάκι του και της Κέιτι. Ακούγεται υπέροχη. Ανυπομονώ να περιμένω μέχρι να αποκτήσουμε κι εμείς ένα δικό μας".

"Περιμένετε ένα λεπτό!" αναφώνησε η Μάλι. "Υπάρχουν μερικές διαδικασίες που πρέπει να περάσουμε πριν σχεδιάσουμε ένα παιδί".

"Το ξέρω", ηρέμησε ο Ντάνιελ με ένα γέλιο. "Απλώς ονειρευόμουν".

Η Μάλι χαμογέλασε. "Είναι ένα ωραίο όνειρο. Σ' αγαπώ Ντάνιελ".

"Κι εγώ σ' αγαπώ. Τώρα πρέπει να γίνουμε καλά για να μπορέσουμε να ξεκινήσουμε με το κοριτσάκι μας".

"Ω, Ντάνιελ", γέλασε η Μάλι. "Τι είναι αυτός ο θόρυβος που ακούω;"

"Αυτός είναι ο αδελφός μου ο Ματ. Μόλις μπήκε μέσα και μιλάει με τον Μπράιαν".

"Ω, θα τα πούμε αργότερα, θα απολαύσουμε την επίσκεψη του αδελφού σου". Η Μάλι αποτραβήχτηκε και συντονίστηκε με τις αισθήσεις της στο δωμάτιό της.

ΚΕΦΆΛΑΙΟ 7

Η πόρτα του δωματίου της Μάλι άνοιξε και μπήκε ο Δρ
Ντρέικ. Ήρθε και έλεγξε το διάγραμμα της Μάλι.
Κοίταξε το χρώμα της πριν στραφεί προς τη Ντέινα.

"Πώς είναι; Το πρήξιμο έχει υποχωρήσει περισσότερο;"
ρώτησε η Ντέινα.

"Ναι, το πρήξιμο έχει μειωθεί λίγο ακόμα, αλλά έχει ακόμα
περισσότερη επούλωση να κάνει. Το θραύσμα του οστού έχει
μετακινηθεί προς τα κάτω, έτσι ώστε να βρίσκεται ακριβώς
κάτω από το κάλυμμα του κρανίου. Πρέπει να πάμε αύριο το
πρωί και να το αφαιρέσουμε προτού μετακινηθεί σε σημείο
που είναι πιο δύσκολο να φτάσει. Θέλουμε επίσης να το
αποτρέψουμε από το να κάνει επιπλέον ζημιά. Η νοσοκόμα θα
σας φέρει τα απαραίτητα έγγραφα για να υπογράψετε και να
προετοιμάσετε τη Μάλι για το χειρουργείο. Η Μάλι θα είναι η
πρώτη ασθενής στο χειρουργείο το πρωί".

"Θα διαρκέσει πολύ η εγχείρηση;" ρώτησε η Ντάνα.

"Θα πάρει από σαράντα πέντε λεπτά έως μία ώρα". Με
αυτά τα νέα, ο γιατρός έφυγε.

Η Ντέινα σήκωσε το τηλέφωνό της για να καλέσει τον
Μπομπ. Τότε πρόσεξε την ώρα. Ήταν μόνο μία ώρα μέχρι να

τελειώσει η εργάσιμη ημέρα. Θα έδινε χρόνο στον Μπομπ να αποχαιρετήσει τους εργάτες του πριν τηλεφωνήσει.

～

"Ντάνιελ", σκέφτηκε η Μάλι.

"Είμαι εδώ", σκέφτηκε ο Ντάνιελ.

"Ο γιατρός ήταν μόλις εδώ. Με έχουν προγραμματίσει για χειρουργείο το πρωί. Θα αφαιρέσουν το θραύσμα του οστού".

"Θα σε συναντήσω στην παραλία".

Ο Ντάνιελ και η Μάλι βρέθηκαν αμέσως στην παραλία. Ο Ντάνιελ έκλεισε τη Μάλι στην αγκαλιά του.

Απομακρύνθηκε ελαφρώς και κοίταξε τη Μάλι. "Τι είπε ο γιατρός;" ρώτησε.

"Είπε ότι το θραύσμα του οστού βρίσκεται ακριβώς κάτω από το κάλυμμα του κρανίου και θέλουν να το βγάλουν πριν μετακινηθεί σε χειρότερο σημείο ή προκαλέσει οποιαδήποτε ζημιά. Είναι λογικό, αλλά φοβάμαι τόσο πολύ".

Η Μάλι αγκαλιάστηκε πιο κοντά στον Ντάνιελ. Την κρατούσε σφιχτά, προσπαθώντας να καταπραΰνει τους φόβους της. Αυτό ήταν δύσκολο να το κάνει, αν σκεφτεί κανείς ότι και ο ίδιος ήταν εξίσου φοβισμένος.

Ενώ ο Ντάνιελ προσπαθούσε να καθησυχάσει τη Μάλι, ο Brian και ο Matt μιλούσαν στο δωμάτιο του Ντάνιελ.

"Πού θα τοποθετηθείς όταν γυρίσεις πίσω, ή δεν μπορείς να μου πεις;" ξεσπάθωσε ο Μπράιαν.

"Μου απομένει ένας μήνας στο εξωτερικό και μετά θα επιστρέψω στις ΗΠΑ. Δεν είμαι ακόμα σίγουρος για το πού θα είμαι. Ελπίζω ότι θα είμαι αρκετά κοντά στο σπίτι μου για να μπορώ να το επισκέπτομαι περισσότερο. Μου έχει λείψει να τους βλέπω όλους. Τα γράμματα δεν καλύπτουν την ανάγκη να βλέπω την οικογένειά μου". Ο Ματ έδειχνε λυπημένος.

57

"Ξέρω τι εννοείς. Δεν νομίζω ότι θα μπορούσα να αντέξω να είμαι μακριά από την Κέιτι και τη Σύλβια. Είναι δύσκολο να αφήσω τη Σύλβια με τη μαμά όσο είμαστε εδώ. Η Κέιτι έχει ήδη τηλεφωνήσει καμιά δεκαριά φορές για να δει τι κάνει". Ο Μπράιαν χαμογέλασε με λύπη στη σκέψη αυτή.

"Το να είσαι παντρεμένη και μητέρα συμφωνεί πραγματικά με την Katie. Δεν νομίζω ότι την έχω δει ποτέ τόσο ευτυχισμένη". Ο Ματ χαμογέλασε στον Μπράιαν.

Ο Χέρμαν έχωσε το κεφάλι του μέσα από την πόρτα. "Πού είναι η Μαίρη;" Ρώτησε.

"Η Κέιτι την πήγε σπίτι της για να κάνει ντους και να ξεκουραστεί" απάντησε ο Μπράιαν.

"Την έπεισα ότι, μαζί με τους τρεις μας, θα μπορούσαμε να προσέχουμε τον Ντάνιελ". Ο Μπράιαν γέλασε. "Νομίζω ότι ο πραγματικός λόγος που πήγε ήταν για να μπορέσουν εκείνη και η Κέιτι να τηλεφωνήσουν και να μιλήσουν στη Σύλβια. Έχουν περάσει μερικές ώρες από τότε που η Κέιτι τηλεφώνησε στη μαμά μου. Ξέρω ότι την έτρωγε η επιθυμία να φύγει από εδώ και να τηλεφωνήσει".

Ο Χέρμαν χαμογέλασε. "Εσύ και η Κέιτι θα πρέπει να έρθετε για μια επίσκεψη όταν ο Ντάνιελ θα είναι καλύτερα και να φέρετε και τη Σύλβια".

"Θα το κάνουμε", συμφώνησε ο Μπράιαν.

"Παρεμπιπτόντως, μπαμπά, μια κοπέλα ονόματι Μπάρμπαρα πέρασε από το σπίτι όσο ήμουν εκεί. Ήθελε να μάθει πώς τα πάει ο Ντάνιελ. Ισχυρίζεται ότι είναι το ίδιο κοκαλιάρικο κοριτσάκι με τις φακίδες που συνήθιζε να μας ενοχλεί με την Κέιτι. Είναι η κοπέλα του Ντάνιελ;" Ο Ματ περίμενε την απάντηση του Χέρμαν.

"Όχι, αυτή και οι δικοί της είναι απλώς φίλοι της οικογένειας. Μένουν στη διπλανή πόρτα εδώ και χρόνια, οπότε έρχεται κάθε τόσο για επίσκεψη. Έχει το ζαχαροπλαστείο στην πόλη. Φτιάχνει υπέροχα ντόνατς".

"Σίγουρα", συμφώνησε ο Μπράιαν. "Η Κέιτι πήγε εκεί και

έφερε μερικά πίσω. Νομίζω ότι ήθελε να δει τη Μπάρμπαρα, είπε ότι ήταν σαν αδελφές όταν μεγάλωναν. Τα ντόνατς από το ζαχαροπλαστείο λιώνουν στο στόμα σου. Δεν νομίζω να έχω ξαναφάει ποτέ τόσο καλά. Η Κέιτι και εγώ θα πρέπει να σταματήσουμε πριν φύγουμε και να πάρουμε μερικά για να τα πάρουμε μαζί μας στο σπίτι". Ο Μπράιαν αναστέναξε, σκεπτόμενος μόνο και μόνο ότι θα έτρωγε κι άλλο από τη γλυκιά λιχουδιά.

Μόλις έλεγα στον Μπράιαν ότι η περιοδεία μου στο εξωτερικό θα τελειώσει σε περίπου ένα μήνα και μετά θα επιστρέψω στις ΗΠΑ. Ελπίζω ότι θα είμαι αρκετά κοντά για να με επισκέπτομαι πιο συχνά.

Το πρόσωπο του Χέρμαν έλαμψε με αυτή την είδηση. "Αυτό θα ήταν υπέροχο", είπε. Θα κάνει τη μαμά σου πολύ ευτυχισμένη. Της λείπετε όλοι σας όταν δεν είστε κοντά της".

"Μου λείπει αυτή και εσύ επίσης", απάντησε ο Ματ.

Ο Χέρμαν κοκκίνισε με αυτή την επίδειξη στοργής, αλλά έδειχνε ευχαριστημένος με τα λόγια του Ματ.

Ο Μπομπμπήκε στο δωμάτιο της Μάλι και είδε τη Ντάνα να κοιτάζει έξω από το παράθυρο, με καταθλιπτικό ύφος. Πήγε και την αγκάλιασε. "Τι συμβαίνει;" ρώτησε.

"Ο γιατρός έχει προγραμματίσει το χειρουργείο της Μάλι για το πρωί. Θα αφαιρέσουν το θραύσμα του οστού".

Η Ντέινα ακούμπησε στον Μπομπ, λατρεύοντας την αίσθηση της παρηγορητικής αγκαλιάς του γύρω της.

"Γιατί δεν μου τηλεφώνησες;" ζήτησε ο Μπομπ.

"Μόλις μου το είπε πριν από μια ώρα. Ήξερα ότι θα ήσουν εδώ μόλις έκλεινε το γραφείο. Εξάλλου, δεν μπορούσες να κάνεις τίποτα. Απλά πρέπει να περιμένουμε το πρωί".

Ο Μπομπ χάρηκε με τα λόγια της Ντάνα. Είχε αρχίσει να εμπιστεύεται τα συναισθήματά του και να εξαρτάται από αυτόν. Τον έκανε ευτυχισμένο το γεγονός ότι η Ντέινα ήξερε ότι θα ήταν εκεί μόλις έκλεινε το γραφείο. Τώρα, αν η Μάλι γινόταν καλύτερα, θα μπορούσε να δουλέψει πάνω στη σχέση του με τη Ντάνα. Δεν υπήρχε περίπτωση να αφήσει τίποτα να σταματήσει αυτό που έχτιζαν. Όταν η Μάλι ξυπνούσε, είχε απόλυτη πρόθεση να φτιάξει μια ζωή για τους τρεις τους.

Ο Μπομπ οδήγησε τη Ντέινα στον καναπέ. Κάθισαν και την έκλεισε στην αγκαλιά του, ενώ έκατσαν αναπαυτικά για να περιμένουν το πρωί.

"Δεν χρειάζεται να μείνεις", αναστέναξε η Ντέινα.

"Δεν πάω πουθενά. Χαλάρωσε", ηρέμησε ο Μπομπ.

Ήταν μια μακρά νύχτα για τον Ντάνιελ και τη Μάλι. Ο Ντάνιελ ήξερε ότι το μόνο πράγμα που μπορούσε να κάνει ήταν να την κρατήσει σφιχτά και να της δώσει να καταλάβει ότι ήταν εκεί για εκείνη. Ο μόνος τρόπος για να καταλάβουν ότι ήταν πρωί ήταν όταν η Μάλι ένιωσε το τσίμπημα μιας βελόνας και κατάλαβε ότι την προετοίμαζαν για χειρουργείο. Ένιωσε να τραβούν τα μαλλιά της προς τα πάνω, να τα καρφιτσώνουν και στη συνέχεια να ξυρίζουν το κάτω μέρος του τριχωτού της κεφαλής της. Αγκάλιασε πιο σφιχτά τον Ντάνιελ καθώς τους ένιωθε να δουλεύουν με τα μαλλιά της. Ήξερε ότι σύντομα θα την έπαιρνε ο ύπνος. Μπορούσε μόνο να ελπίζει ότι θα ξυπνούσε όταν θα τελείωνε.

"Ξυρίζουν το πίσω μέρος του τριχωτού της κεφαλής μου", είπε στον Ντάνιελ.

"Θα ξαναφυτρώσει", είπε ο Ντάνιελ. "Μην ανησυχείς, θα είσαι πάντα όμορφη. Χαλάρωσε, θα είμαι εδώ. Δεν θα φύγω ούτε λεπτό.

*Θα σε κρατάω ακόμα στην αγκαλιά μου όταν ξυπνήσεις. Σ' αγαπώ",
ψιθύρισε.*

"Κι εγώ σ' αγαπώ", ψιθύρισε η Μάλι ζαλισμένη.

*Ο Ντάνιελ αναστέναξε καθώς η Μάλι αποκοιμήθηκε στην
αγκαλιά του. Έγειρε πίσω στον ογκόλιθο και την τράβηξε πιο κοντά
του. Θα περνούσαν πολλές ώρες.*

～

Ο γιατρός μπήκε στην αίθουσα αναμονής του χειρουργείου
όπου περίμεναν ο Μπομπ και η Ντέινα. Περίμεναν σχεδόν δύο
ώρες από τότε που πήραν τη Μάλι κάτω.

Η Ντέινα σηκώθηκε αμέσως από τη θέση της όταν είδε τον
γιατρό.

"Τελείωσε; Είναι καλά η Μάλι;"

"Η επέμβαση πήγε καλά. Βγάλαμε το θραύσμα χωρίς
επιπλοκές. Η Μάλι θα παραμείνει στην ανάνηψη για περίπου
είκοσι λεπτά και μετά θα την πάρουμε πίσω στο δωμάτιό της.
Γιατί δεν πας στην καφετέρια να πάρεις πρωινό και μετά να
συναντήσεις τη νοσοκόμα στο δωμάτιο της Μάλι; Δεν
μπορείτε να κάνετε τίποτα για τη Μάλι όσο η αναισθησία
υποχωρεί και θα μπορέσετε να αντεπεξέλθετε καλύτερα με
λίγο φαγητό". Ο δρ Ντρέικ ενθάρρυνε την Ντέινα.

"Σας ευχαριστώ, Δρ Ντρέικ. Νομίζω ότι θα μπορούσα να
χρησιμοποιήσω κάτι". Η Ντέινα χαμογέλασε στον γιατρό και
έσφιξε το χέρι του Μπομπ.

Κατευθύνθηκαν προς την καφετέρια μόλις έφυγε ο
γιατρός.

"Ξέρεις", είπε η Ντάνα σκεπτόμενη. "Ο Δρ Ντρέικ
ακούστηκε σχεδόν σκεπτικός εκεί για μια στιγμή. Ίσως
αρχίζουμε να τον καταλαβαίνουμε".

Ο Μπομπ γέλασε. "Με εσένα και τη Μαίρη να τον
δουλεύετε, δεν έχει καμία ελπίδα. Μπορεί κάλλιστα να
παραδοθεί και να τελειώνουμε".

61

"Λοιπόν", είπε η Ντέινα. "Θα είναι προς όφελός του αλλά και προς όφελος των ασθενών του να τον εξανθρωπίσουμε".

Ο Μπομπ γέλασε ξανά καθώς έμπαιναν στην καφετέρια.

"Ω", είπε η Ντέινα. "Να ο Μπράιαν. Ας δούμε τι κάνει ο Ντάνιελ".

Πήγαν προς το τραπέζι όπου ο Μπράιαν και ο Ματ κάθονταν και έπιναν καφέ.

"Γεια σου, Μπράιαν", είπε η Ντέινα. "Πώς είναι ο Ντάνιελ σήμερα το πρωί;"

"Γεια σου, Ντέινα. Δεν υπήρξε καμία αλλαγή. Αυτός είναι ο αδελφός του Ντάνιελ, ο Ματ". Έδειξε τον Ματ που καθόταν στο τραπέζι μαζί του. "Ματ, αυτή είναι η Ντέινα. Η κόρη της είναι κι αυτή σε κώμα".

Τόσο ο Ματ όσο και η Ντέινα είπαν "Γεια σας".

"Αυτός είναι ο Μπομπ Τζένκινς", είπε η Ντέινα δείχνοντας τον Μπομπ.

Τα παιδιά έσφιξαν όλοι τα χέρια και είπαν "Γεια σας, χαίρομαι που σας γνωρίζω".

"Γιατί δεν έρχεσαι μαζί μας;" είπε ο Μπράιαν. "Πώς είναι η Μάλι;"

"Χειρουργήθηκε σήμερα το πρωί για την αφαίρεση του θραύσματος του οστού. Τώρα βρίσκεται στην ανάρρωση και ο γιατρός είπε ότι τα πάει καλά". Η Ντέινα τους ενημέρωσε για τις τελευταίες εξελίξεις.

"Χαίρομαι που είναι καλά", απάντησε ο Μπράιαν. "Ενημέρωσέ μας αν μπορούμε να κάνουμε κάτι για να βοηθήσουμε".

"Θα το κάνω. Ευχαριστώ", είπε η Ντέινα.

"Πρέπει να επιστρέψουμε επάνω. Απολαύστε το πρωινό σας. Ελπίζω όλα να πάνε καλά για τη Μάλι". Ο Μπράιαν και ο Ματ σηκώθηκαν από τις καρέκλες τους και ετοιμάστηκαν να φύγουν.

"Ευχαριστώ", είπε η Ντέινα.

"Είναι καλοί άνθρωποι", είπε η Ντάνα, αφού έφυγαν.

"Ναι", συμφώνησε ο Μπομπ.

~

Ο Ματ και ο Μπράιαν σταμάτησαν έξω από την καφετέρια.

"Νομίζω ότι θα επιστρέψω στο σπίτι για λίγο", είπε ο Ματ.

"Εντάξει", είπε ο Μπράιαν. "Χρειάζεσαι κλειδί;"

"Όχι, σταμάτησα στο μαγαζί του μπαμπά και έκανα ένα αντίγραφο χθες. Δεν ήθελα να παίρνω συνέχεια το κλειδί της μαμάς".

"Θα ενημερώσω τους δικούς μου για το πού πήγες. Ξεκουράσου λίγο", ενθάρρυνε ο Μπράιαν.

"Θα το κάνω", απάντησε ο Ματ. "Ευχαριστώ".

Ο Ματ κάλεσε τον οδηγό του να τον συναντήσει έξω από την είσοδο και κατευθύνθηκε προς την εξώπορτα.

Ο Μπράιαν γέλασε καθώς επέστρεφε στο δωμάτιο του Ντάνιελ. Ήταν φοβερό να βλέπει τον κουνιάδο του να ζητάει οδηγό κάθε φορά που χρειαζόταν αυτοκίνητο.

"Πού είναι ο Ματ;" ρώτησε η Μαίρη, κοιτάζοντας γύρω της τον Μπράιαν όταν μπήκε μόνος του.

"Πήγε πίσω στο σπίτι για να φρεσκαριστεί. Νομίζω ότι ήθελε λίγο καθαρό αέρα". Ο Μπράιαν είπε τη γνώμη του στο σύνολο του δωματίου.

"Είπε πότε θα επιστρέψει;" ρώτησε η Μαίρη.

"Είπε δύο ή τρεις ώρες."

"Θα επιστρέψει, μην ανησυχείς", ο Μπράιαν αγκάλιασε γρήγορα την πεθερά του για να την καθησυχάσει.

Ο Ματ δεν πήγε κατευθείαν στο σπίτι του όταν έφυγε. Έβαλε τον οδηγό να περάσει μέσα από την πόλη και να σταματήσει στον φούρνο. Είπε στον οδηγό να περιμένει και μπήκε στο κατάστημα.

Το κουδούνι πάνω από την πόρτα χτύπησε καθώς μπήκε μέσα.

"Έρχομαι αμέσως" είπε μια γνώριμη φωνή από το πίσω δωμάτιο.

Η Μπάρμπαρα βγήκε από το πίσω δωμάτιο. Φορούσε μια ποδιά, ένα κάλυμμα στο κεφάλι της, και στο πρόσωπό της υπήρχε μια σκόνη αλευριού. Ήταν όμορφη.

Η Μπάρμπαρα χαμογέλασε όταν είδε τον Ματ.

"Γεια", είπε. "Ήρθες να δοκιμάσεις τα ντόνατς μου;" Κοίταξε τον Ματ με πειράγματα.

"Ναι", συμφώνησε ο Ματ, "και να σου ζητήσω να δειπνήσουμε μαζί απόψε".

Η Μπάρμπαρα φαινόταν σκεπτόμενη. "Θα πρέπει να είναι τοπικό. Δεν θα είχαμε χρόνο να πάμε οπουδήποτε αλλού. Κλείνω το μαγαζί στις οκτώ".

"Πού προτείνεις; Έχει περάσει καιρός από τότε που είχα να δειπνήσω σε κάποιο από τα μέρη εδώ γύρω. Είναι ακόμα ανοιχτό το Μαρσέλ; "

"Ναι, ο Μάρσελ θα είναι μια χαρά", συμφώνησε η Μπάρμπαρα. "Θα σε συναντήσω στο νοσοκομείο γύρω στις οκτώ και μισή".

"Εντάξει", έγνεψε ο Ματ. "Τώρα για αυτά τα διάσημα ντόνατς, θα πάρω τέσσερις δωδεκάδες. Ανακάτεψέ τα".

Η Μπάρμπαρα τον κοίταξε έκπληκτη. "Πρέπει να έχεις κάποιο γλυκό δόντι". Παρατήρησε.

Ο Ματ γέλασε. "Σκοπεύω να τα μοιράσω. Θέλω μια ντουζίνα για να τα δώσω σε μια άλλη κυρία στο νοσοκομείο. Και η κόρη της είναι σε κώμα. Σκέφτηκα ότι ίσως της φτιάξουν λίγο το κέφι".

"Πολύ ευγενικό εκ μέρους σου", η Μπάρμπαρα κοίταξε τον Ματ επιδοκιμαστικά.

Ο Ματ κοκκίνισε ελαφρώς με τον έπαινο. Δεν προσπαθούσε να κερδίσει πόντους στη Μπάρμπαρα όταν σκέφτηκε να πάρει μερικά ντόνατς στη Ντέινα, αλλά χάρηκε που της άρεσε η ιδέα.

"Θα τα πούμε απόψε", είπε καθώς γύρισε να φύγει.

Όταν ο Ματ έφτασε στο αυτοκίνητο, τοποθέτησε τα ντόνατς στο πίσω κάθισμα και έδωσε εντολή στον οδηγό του, τον δεκανέα Τζέιμς, να τον πάει σπίτι του. Στο σπίτι, πήρε τα κουτιά από το πίσω κάθισμα και έδωσε το ένα στον οδηγό.

"Μπορείς να τα μοιράσεις στα φιλαράκια σου", είπε στον έκπληκτο δεκανέα Τζέιμς.

"Ευχαριστώ, καπετάνιε". είπε ο δεκανέας Τζέιμς. "Θα εκπλαγούν. Τι ώρα θέλετε να σας πάρω;"

"Θα πάρει μερικές ώρες. Θα σου τηλεφωνήσω", απάντησε ο Ματ. Με μια ανταλλαγή χαιρετισμών, ο Ματ γύρισε για να μπει μέσα.

～

Η Μάλι άρχισε να ανακατεύεται και ο Ντάνιελ έσφιξε ελαφρώς τα χέρια του.

"Είσαι καλά;" ρώτησε. Καθόταν εκεί, την κρατούσε αγκαλιά και ανησυχούσε για την εγχείρηση. Σκέφτηκε ότι όσο ήταν εκεί στην αγκαλιά του, ήταν εντάξει.

"Έτσι νομίζω", είπε η Μάλι. Χασμουρήθηκε και χαμογέλασε στον Ντάνιελ. "Υποθέτω ότι η αναισθησία δεν έχει ακόμα εξασθενήσει".

"Φοβήθηκα πολύ", παραδέχτηκε ο Ντάνιελ.

"Το ξέρω. Κι εγώ το ίδιο". Η Μάλι ακούμπησε στον Ντάνιελ. Ήταν απλά χαρούμενη που η εγχείρηση είχε τελειώσει. "Μάλλον πρέπει να πάω να δω τι συμβαίνει στο δωμάτιό μου, αλλά δεν θέλω να σε αφήσω".

"Πρέπει να πάω κι εγώ στο δωμάτιό μου, αλλά είναι τόσο ωραίο να μένω εδώ και να σε κρατάω στην αγκαλιά μου".

Ο Ντάνιελ την κράτησε για λίγο ακόμα πριν χαλαρώσει την αγκαλιά του. "Μάλλον πρέπει να φύγουμε. Πες μου τι συμβαίνει".

"Θα το κάνω. Είσαι πάντα μόνο μια σκέψη μακριά". Η Μάλι έσφιξε το χέρι του και εξαφανίστηκε.

Ο Ντάνιελ αναστέναξε και έκανε τη δική του πράξη εξαφάνισης.

~

Ο Μπομπκαι η Ντάνα κάθονταν ήσυχα στον καναπέ. Είχε το χέρι του γύρω της και μιλούσαν σιγά-σιγά. Πρέπει να προσπαθούσαν να μην την ενοχλήσουν, σκέφτηκε η Μάλι.

Η Μάλι εγκαταστάθηκε στο κρεβάτι καθώς εισήλθε στο σώμα της. Το κεφάλι της ένιωθε περίεργα εκεί που η νοσοκόμα είχε ξυρίσει το πίσω μέρος του κεφαλιού της. Την είχαν ξαπλώσει μπρούμυτα με το κεφάλι γυρισμένο στο πλάι, ώστε να μην ενοχληθεί το σημείο στο κεφάλι της, όπου είχε χειρουργηθεί. Δεν ήταν πολύ άνετα, αλλά τουλάχιστον δεν πονούσε πολύ. Οι ενέσεις που της είχαν κάνει πριν και μετά την εγχείρηση πρέπει να κρατούσαν τον πόνο μακριά προς το παρόν, σκέφτηκε.

Η Μάλι παρακολούθησε τι έλεγαν ο Μπομπκαι η Ντάνα.

"Χαίρομαι που το κομμάτι του οστού έφυγε. Εύχομαι μόνο να εξαφανιστεί το πρήξιμο και να ξυπνήσει η Μάλι". Η Ντέινα μύρισε μέσα στο μαντήλι που έστριβε στο χέρι της. Πρέπει να ήταν το μαντήλι του Μπομπ. Η Μάλι ήξερε ότι η μαμά της δεν κουβαλούσε μαζί της μαντήλια.

"Το ξέρω", ο Μπομπ έσφιξε καθησυχαστικά τον ώμο της. "Δεν θα αργήσει πολύ, σύμφωνα με τον γιατρό. Απλά πρέπει να κάνουμε υπομονή".

"Προσπαθώ, αλλά είναι τόσο δύσκολο να συνεχίσω να περιμένω". Η Ντέινα έστρεψε το πρόσωπό της στο στήθος του Μπομπ και έδωσε τη θέση της σε περισσότερα δάκρυα.

Ο Μπομπ την αγκάλιασε σφιχτά και την άφησε να κλάψει. Σκέφτηκε ότι το κλάμα μπορεί να τη βοηθήσει να απελευθερώσει λίγη από την ένταση και να βοηθήσει τη Ντέινα να νιώσει καλύτερα.

Με μια τελευταία μυρωδιά, η Ντέινα κάθισε πιο ίσια, αλλά δεν απομακρύνθηκε από τα χέρια του Μπομπ. "Λυπάμαι", είπε. "Δεν ξέρω τι με έπιασε. Συνεχίζω να κλαίω πάνω σου".

"Χαίρομαι που είμαι εδώ για σας. Μην ανησυχείς για

μερικά δάκρυα. Είναι μια καλή διέξοδος για το άγχος. Δεν αισθάνεσαι καλύτερα τώρα;"

"Ναι, το ξέρω." Η Ντέινα ακούστηκε έκπληκτη.

"Ωραία." Ο Μπομπ της χαμογέλασε.

~

"Ντάνιελ", σκέφτηκε η Μάλι.

"Είμαι εδώ", σκέφτηκε ο Ντάνιελ.

"Η επιχείρηση ήταν επιτυχής. Απλά πρέπει να περιμένουν να υποχωρήσει το πρήξιμο. Η μαμά είναι πολύ αγχωμένη. Ο Μπομπ προσπαθεί να την παρηγορήσει και νομίζω ότι έχει αποτέλεσμα. Αυτοί οι δύο έρχονται πραγματικά κοντά".

"Πώς νιώθεις που οι δυο τους θα τα φτιάξουν", ρώτησε ο Ντάνιελ.

"Νομίζω ότι είναι υπέροχο", δήλωσε η Μάλι. "Εξάλλου, εσύ κι εγώ θα είμαστε μαζί όταν ξυπνήσουμε. Οπότε, χαίρομαι που η μαμά δεν θα είναι μόνη της".

"Δεν μπορώ να περιμένω", είπε ο Ντάνιελ.

"Ούτε εγώ", απάντησε η Μάλι.

~

Ο Ματ καθόταν σε μια καρέκλα, στο δωμάτιο του Ντάνιελ, και μιλούσε με τους γονείς του. Ο Μπράιαν και η Κέιτι είχαν επιστρέψει στο σπίτι για να ξεκουραστούν και να ελέγξουν τη Σύλβια. Η πόρτα άνοιξε και η Μπάρμπαρα μπήκε μέσα. Ο Ματ σηκώθηκε όρθιος.

"Γεια σου, Μπάρμπαρα", η Μαίρη σηκώθηκε γρήγορα και πήγε να αγκαλιάσει τη Μπάρμπαρα.

"Γεια, τι κάνει ο Ντάνιελ;" ρώτησε η Μπάρμπαρα.

"Δεν υπήρξε καμία αλλαγή", είπε η Μαίρη.

"Λυπάμαι", είπε η Μπάρμπαρα. "Τουλάχιστον δεν χειροτέρεψε. Ίσως αρχίσει να καλυτερεύει σύντομα".

"Είσαι έτοιμος να φύγεις;" Τη ρώτησε.

"Ναι", απάντησε.

"Πού πας;" ρώτησε η Μαίρη απορημένη.

"Η Μπάρμπαρα και εγώ θα βγούμε για δείπνο". απάντησε ο Ματ. Η Μπάρμπαρα κοκκίνισε ελαφρώς.

"Ω", είπε η Μαίρη. Το πρόσωπό της φωτίστηκε καθώς το σκεφτόταν αυτό. "Λοιπόν, να περάσετε καλά".

Ο Χέρμαν γέλασε καθώς έφευγαν. "Σίγουρα δεν αφήνει το γρασίδι να φυτρώσει κάτω από τα πόδια του".

"Χαίρομαι που βγαίνει έξω και περνάει καλά. Η Μπάρμπαρα είναι καλό κορίτσι. Νομίζω ότι πάντα ήταν ερωτευμένη με τον Ματ. Όταν ήταν έφηβη, σύχναζε πάντα σε μέρη όπου μπορούσε να πέσει πάνω του. Ο Ματ δεν είχε ιδέα για τα αισθήματά της. Απλά της φερόταν όπως φερόταν στην Κέιτι. Νομίζω ότι αυτό πρόκειται να αλλάξει". Η Μαίρη γέλασε με αυτή τη σκέψη.

Ο Χέρμαν απλά γέλασε, ξανά.

ΚΕΦΑΛΑΙΟ 8

Ο Ματ έπιασε το χέρι της Μπάρμπαρα καθώς την οδηγούσε στο χέρι του Μάρσελ. Στην πόρτα στεκόταν ένας υπάλληλος. Ο Ματ έδωσε το όνομά του και ο υπάλληλος τους οδήγησε σε ένα τραπέζι.

"Θα είναι εντάξει;"

"Ναι, είναι μια χαρά", συμφώνησε ο Ματ.

Της κράτησε την καρέκλα της Μπάρμπαρα πριν προλάβει ο υπάλληλος. Ο νεαρός φαινόταν έκπληκτος που ο Ματ τον πρόλαβε στην καρέκλα.

"Εδώ είναι τα μενού σας. Επιστρέφω αμέσως για τις παραγγελίες σας". Ο νεαρός αποχώρησε, αφήνοντας χρόνο στον Ματ και τη Μπάρμπαρα να μελετήσουν το μενού.

"Τι φαίνεται καλό;" ρώτησε ο Ματ.

"Νομίζω ότι θα πάρω μια σαλάτα", είπε η Μπάρμπαρα.

Ο Ματ την κοίταξε έκπληκτος. "Δεν είσαι χορτοφάγος, έτσι;"

"Όχι, αλλά είδατε πόσο ακριβά είναι τα πάντα σε αυτό το μενού;"

Ο Ματ της χαμογέλασε. "Μην ανησυχείς γι' αυτό. Μπορώ να το αντέξω οικονομικά. Πάρε ό,τι σου αρέσει". Όταν εκείνη εξακολουθούσε να μη δείχνει ότι επρόκειτο να παραγγείλει κάτι, ο Ματ αποφάσισε να πάρει την κατάσταση στα χέρια του.

"Σου αρέσουν τα θαλασσινά;" ρώτησε.

"Ναι", είπε η Μπάρμπαρα.

"Τι θα έλεγες να πάρουμε μια πιατέλα με θαλασσινά και να τη μοιραστούμε;". πρότεινε ο Ματ.

"Εντάξει", είπε η Μπάρμπαρα.

Ο σερβιτόρος ήρθε με τα ποτήρια με το νερό και τα σκεύη τους. "Είστε έτοιμοι να παραγγείλετε;" Ρώτησε.

"Ναι, θα θέλαμε μια πιατέλα με θαλασσινά, δύο σαλάτες και ένα μεγάλο κομμάτι κέικ σοκολάτας".

"Τι θα γίνει με τα ποτά;" ρώτησε.

"Σας πειράζει ένα αναψυκτικό;" Ο Ματ ρώτησε τη Μπάρμπαρα. Όταν εκείνη έγνεψε, παρήγγειλε δύο αναψυκτικά.

Ο σερβιτόρος πήρε τα μενού τους και έφυγε για να δώσει τις παραγγελίες τους.

Ο Ματ κοίταξε τη Μπάρμπαρα. "Τι σε έκανε να ενδιαφέρεσαι για τα ντόνατς;" ρώτησε.

"Πάντα με ενδιέφερε η ζαχαροπλαστική" απάντησε η Barbara. "Όταν ήμουν μικρή, βοηθούσα τη μαμά μου με το ψήσιμο. Μου άρεσε πολύ. Στην εφηβεία μου πέρασα μια επαναστατική φάση, όταν δεν μπορούσες να με βάλεις στην κουζίνα για τίποτα. Τότε ήταν που συνήθιζα να ακολουθώ εσένα και τον Ντάνιελ παντού. Το ξεπέρασα αυτό και επέστρεψα στην πρώτη μου αγάπη, τη ζαχαροπλαστική. Κι εσύ, γιατί κατατάχθηκες στους πεζοναύτες;" αντέτεινε.

Ο Ματ σκέφτηκε για ένα λεπτό. "Υποθέτω, απλώς ήθελα να ταξιδέψω και να δω άλλα μέρη. Αφού έκανα JROTC στο λύκειο, οι πεζοναύτες ήταν η διαδρομή που επέλεξα για να ακολουθήσω το όνειρό μου να δω τον κόσμο".

"Είναι συναρπαστικό;" ρώτησε η Μπάρμπαρα.

"Μπορεί να είναι, αλλά μερικές φορές μπορεί να είναι

μοναχικό. Έρχεσαι κοντά με τους συναδέλφους σου, αλλά σου λείπει η οικογένειά σου. Γι' αυτό χαίρομαι που επιστρέφω στις ΗΠΑ. Θέλω να μπορώ να ελέγχω την οικογένειά μου σε τακτική βάση".

"Πόσο ακόμα θα είσαι στους πεζοναύτες;"

"Έχω άλλα δύο χρόνια. Δεν ξέρω για μετά τη λήξη της θητείας μου. Πιθανότατα θα προσπαθήσουν να με πείσουν να υπογράψω για άλλη μια περιοδεία. Δεν ξέρω αν αυτό είναι αυτό που θέλω. Δεν ξέρω τι θα έκανα αν αποχωρούσα. Θα πρέπει να το σκεφτώ".

Έκαναν παύση στη συζήτησή τους ενώ ο σερβιτόρος έφερνε το φαγητό τους και τα έβαζε όλα στο τραπέζι.

"Αν χρειαστείτε κάτι άλλο, απλά ενημερώστε με", έδωσε οδηγίες.

"Ευχαριστώ", απάντησε ο Ματ.

"Αυτό φαίνεται καλό", είπε η Μπάρμπαρα.

"Φάτε", είπε ο Ματ καθώς άρχισε να γεμίζει το πιάτο του.

Η Μπάρμπαρα έβαλε μερικά από τα θαλασσινά στο πιάτο της και πήρε μια μπουκιά. "Ω", βογκούσε. "Είναι τόσο καλό". Δεν μίλησαν για αρκετή ώρα καθώς έτρωγαν και απολάμβαναν το φαγητό τους. Τελικά, η Μπάρμπαρα έγειρε προς τα πίσω. "Δεν μπορώ να φάω άλλη μπουκιά. Είμαι χορτάτη".

"Ω, όχι, θα με βοηθήσεις να φάω το κέικ σοκολάτας. Έρχεται, τώρα." Ο Ματ στράφηκε προς το μέρος του σερβιτόρου, καθώς αυτός έβαζε στο τραπέζι τους μια μεγάλη φέτα σοκολατόπιτα. "Έλα, πάρε μια μπουκιά". Ο Ματ πήρε μια πιρουνιά από το κέικ και την κράτησε στα χείλη της μέχρι να ανοίξει το στόμα της, έπειτα έσπρωξε απαλά το κέικ μέσα.

"Ωωωωω", βογκούσε η Μπάρμπαρα. Πήρε μια μερίδα κέικ γεμάτη πιρούνι και την έφερε στα χείλη του Ματ. Εκείνος υπάκουα άνοιξε και απολάμβανε αργά το κέικ. Τάιζαν ο ένας τον άλλον εναλλάξ μέχρι να τελειώσει το κέικ.

"Αυτό ήταν υπέροχο", είπε η Μπάρμπαρα. "Δεν ξέρω αν

μπορώ να κουνηθώ, είμαι τόσο χορτάτη, αλλά απόλαυσα κάθε μπουκιά".

"Κι εγώ το ίδιο", συμφώνησε ο Ματ, "ειδικά η παρέα. Είσαι έτοιμος να φύγουμε;" Της τράβηξε την καρέκλα και, αφήνοντας ένα γενναιόδωρο φιλοδώρημα στο σερβιτόρο, την οδήγησε έξω από το εστιατόριο. Ο δεκανέας Τζέιμς τους περίμενε στην πόρτα. Ο Ματ βοήθησε τη Μπάρμπαρα στο πίσω κάθισμα και ανέβηκε μαζί της.

"Θέλετε να πάτε σπίτι σας, κύριε;" ρώτησε ο δεκανέας Τζέιμς.

"Ναι, η νεαρή κυρία μένει δίπλα στους γονείς μου". Ο δεκανέας Τζέιμς έφυγε και έφτασε στο σπίτι του σε χρόνο μηδέν. "Σας ευχαριστώ", είπε ο Ματ στον δεκανέα Τζέιμς όταν βγήκαν από το αυτοκίνητο. "Θα τα πούμε το πρωί στις ω εξακόσιες".

"Μάλιστα, κύριε." Ο στρατιώτης χαιρέτησε και, όταν ο Ματ ανταπέδωσε τον χαιρετισμό, οδήγησε

off.

"Θα σε συνοδεύσω στην επόμενη πόρτα", είπε ο Ματ παίρνοντάς την από το χέρι.

Η Μπάρμπαρα δεν είπε τίποτα μέχρι που σταμάτησαν μπροστά στην πόρτα της. "Πέρασα υπέροχα και το φαγητό ήταν καταπληκτικό", είπε.

Ο Ματ παρέμεινε σιωπηλός. Απλώς χαμογέλασε και την τράβηξε στην αγκαλιά του. Καθώς τα χείλη του άγγιξαν τα δικά της, ένιωσαν και οι δύο το γαργαλητό μέχρι τα δάχτυλα των ποδιών τους. Ο Ματ βάθυνε το φιλί. Όταν τελικά αποτραβήχτηκε, ανέπνεαν και οι δύο βαριά.

"Ουάου", είπε η Μπάρμπαρα.

"Ναι, ουάου", συμφώνησε ο Ματ.

"Μπορούμε να συναντηθούμε για φαγητό αύριο;" ρώτησε ο Ματ. Θα πρέπει να είναι ˙ γρήγορο. Πρέπει να είμαι στο νοσοκομείο όσο το δυνατόν περισσότερο".

"Τι θα λέγατε να συναντηθούμε στην καφετέρια του νοσοκομείου;" πρότεινε η Μπάρμπαρα.

"Εντάξει", συμφώνησε ο Ματ. Τηλεφώνησέ μου όταν είσαι έτοιμος και θα σε συναντήσω εκεί".

"Εντάξει, καληνύχτα", είπε.

"Καληνύχτα", είπε ο Ματ. Μετά από ένα γρήγορο άγγιγμα των χειλιών τους, χώρισαν για να πάνε στα σπίτια τους.

Το πρώτο πράγμα που έγινε το επόμενο πρωί ήταν να περάσει ο γιατρός και να ελέγξει τον Ντάνιελ. Ο Ματ και ο Χέρμαν ήταν εκεί μαζί του. Η Μαίρη είχε πάει σπίτι για λίγο όταν έφτασε ο Χέρμαν. Η Κέιτι και ο Μπράιαν δεν είχαν έρθει ακόμα.

"Πώς τα πάει;" ρώτησε ο Ματ. Ο γιατρός κοίταξε τον άντρα με τη στολή σαν να τον πρόσεξε μόλις τώρα. Ο Ματ ήρθε μπροστά και πρόσφερε το χέρι του. "Είμαι ο αδελφός του Ντάνιελ, ο Ματ". Εξήγησε.

Ο γιατρός του έσφιξε το χέρι πριν του εξηγήσει την κατάσταση του Ντάνιελ. "Φαίνεται να πηγαίνει καλύτερα. Θα τον πάμε για ακτινογραφία σήμερα το πρωί. Θέλω να βεβαιωθώ ότι ο θρόμβος έχει διαλυθεί. Θα πρέπει να αξιολογήσω την κατάστασή του αφού κάνουμε κάποιες εξετάσεις". Ο γιατρός άρχισε να φεύγει αφού έδωσε αυτά τα νέα.

"Ευχαριστώ, γιατρέ", είπε ο Ματ. Ο γιατρός έγνεψε σύντομα και συνέχισε το δρόμο του.

Ο Χέρμαν γέλασε όταν είδε την έκφραση του Ματ στην απότομη στάση του γιατρού. "Η μητέρα σου προσπαθεί να του μάθει κάποιες κοινωνικές δεξιότητες. Είναι πολύ καλύτερος από ό,τι ήταν όταν φέραμε τον Ντάνιελ στο νοσοκομείο. Η μητέρα σου και η Ντέινα αποφάσισαν να τον βοηθήσουν να χαλαρώσει κοντά στους ασθενείς και τις οικογένειές τους.

Νομίζω ότι το διασκεδάζουν. Τους δίνει κάτι άλλο να σκέφτονται για λίγο και δεν βλέπω να τους κάνει κακό. Μπορεί να βοηθήσει". Κατέληξε με έναν αναστεναγμό.

Ο Ματ γέλασε. Ακουγόταν ακριβώς σαν τον μπαμπά του, σκέφτηκε. "Αν κάποιος μπορεί να τον βοηθήσει, είναι η μαμά".

Η πόρτα άνοιξε και μπήκαν η Κέιτι και ο Μπράιαν. Τους ακολούθησε η νοσοκόμα που ήρθε για να πάει τον Ντάνιελ στις ακτινογραφίες.

"Τι συμβαίνει;" αναρωτήθηκε η Κέιτι.

"Κατεβάζουν τον Ντάνιελ για ακτινογραφία", απάντησε ο Χέρμαν. "Θέλουν να ελέγξουν τον θρόμβο αίματος".

Στάθηκε στη μία πλευρά της πόρτας και την κράτησε ανοιχτή για τη νοσοκόμα.

~

"Μάλι", σκέφτηκε ο Ντάνιελ.

"Εδώ είμαι", είπε η Μάλι.

"Με κατεβάζουν για ακτινογραφία".

"Σου έκαναν ένεση;"

"Όχι μέχρι στιγμής. Δεν ξέρω τι θα κάνουν όταν κατεβούμε κάτω".

"Θέλεις να συναντηθούμε στην παραλία;" Η Μάλι περίμενε την απάντησή του.

"Όχι ακόμα, θέλω να δω τι κάνουν ή να ακούσω τι λένε. Αν μου δώσουν μια ευκαιρία, θα σε συναντήσω".

"Εντάξει", συμφώνησε η Μάλι. "Κράτα με ενήμερη".

"Θα το κάνω", συμφώνησε ο Ντάνιελ.

~

Πήγαν τον Ντάνιελ στις ακτίνες Χ. Η νοσοκόμα τον παρέδωσε στον τεχνικό.

"Τι έχουμε εδώ;" ρώτησε ο τεχνικός.

"Ο γιατρός διέταξε ακτινογραφία του θώρακα και του ποδιού του. Ήθελε να δει αν είχε διαλυθεί ένας θρόμβος και τι τον είχε προκαλέσει. Θέλει να είναι σίγουρος ότι δεν θα υπάρξουν μελλοντικά θρόμβοι που θα προκαλέσουν προβλήματα. Παρήγγειλε επίσης αιματολογικές εξετάσεις".

"Πρέπει να τον πας απέναντι για τις αιματολογικές εξετάσεις". Την ενημέρωσε ο τεχνικός.

"Το ξέρω", είπε. "Απλά σκεφτόμουν δυνατά".

Ενώ ο τεχνικός έβαζε τον Ντάνιελ στο ακτινολογικό μηχάνημα και τον ετοίμαζε, εκείνος χαμογέλασε στη νοσοκόμα. "Πότε θα λυγίσεις και θα βγεις μαζί μου;" ρώτησε.

"Τώρα, γιατί να θέλω να το κάνω αυτό;" ρώτησε η νοσοκόμα. "Δεν είσαι παρά ένα φλερτ. Έχεις ήδη βγει με πάνω από το μισό νοσηλευτικό προσωπικό".

"Δεν μπορώ να κάνω τίποτα αν είμαι ακαταμάχητος στις γυναίκες". Χαμογέλασε.

"Λοιπόν, να μια που μπορεί να σου αντισταθεί". Δήλωσε με μια μυρωδιά.

Εκείνος απλώς της χαμογέλασε. "Ξέρεις ότι θα περάσεις καλά".

Η νοσοκόμα απλώς μύρισε ξανά και γύρισε να περιμένει τον Ντάνιελ. Ο τεχνικός χαμογέλασε και συνέχισε τη δουλειά του. Σύντομα η νοσοκόμα έφερε τον Ντάνιελ στην άλλη άκρη του διαδρόμου για τις εξετάσεις αίματος. Αυτό τακτοποιήθηκε γρήγορα και επέστρεφαν στο δωμάτιο του Ντάνιελ. Η νοσοκόμα μετέφερε τον Ντάνιελ στο δωμάτιό του, όπου τον περίμενε η ανήσυχη οικογένειά του. Ήξεραν ότι δεν θα είχε νόημα να ρωτήσουν τη νοσοκόμα. Θα έπρεπε να περιμένουν τα αποτελέσματα από τον γιατρό.

"Σας ευχαριστώ", χαμογέλασε η Μαίρη στη νοσοκόμα.

Η νοσοκόμα απλώς χαμογέλασε αναγνωρίζοντας το γεγονός και έφυγε.

～

"Θα σε συναντήσω στην παραλία", σκέφτηκε ο Ντάνιελ στη Μάλι.

Και οι δύο εμφανίστηκαν στην παραλία αμέσως. Ο Ντάνιελ τράβηξε γρήγορα τη Μάλι στην αγκαλιά του και τη φίλησε.

"Χμ, αυτό είναι ωραίο", είπε η Μάλι.

"Ναι", συμφώνησε ο Ντάνιελ αγκαλιάζοντας τη μύτη του στο λαιμό της και κρατώντας την σφιχτά.

"Τι ανακάλυψες;" ρώτησε η Μάλι.

"Λοιπόν, ανακάλυψα ότι ο τεχνικός είναι τσιμπημένος με τη νοσοκόμα, αλλά εκείνη του φέρεται αδιάφορα. Αυτό είναι όλο. Ο γιατρός είναι ο μόνος που έχει απαντήσεις. Δεν ξέρω πότε θα εμφανιστεί. Θα πρέπει να περιμένω, όπως και η υπόλοιπη οικογένειά μου. Αισθάνομαι πάντως μια χαρά".

"Κι εγώ, αλλά είμαστε και οι δύο ακόμα σε κώμα". Η Μάλι τελείωσε με μια απελπισμένη νότα.

"Είμαστε εντάξει. Δεν ξέρω τι θα συμβεί αν δεν ξυπνήσουμε και οι δύο. Με τρομάζει η σκέψη ότι θα σε χάσω". Ο Ντάνιελ την τράβηξε κοντά του και την αγκάλιασε απαλά.

"Δεν πρόκειται να με χάσεις και δεν πρόκειται να σε χάσω. Θα είμαστε μαζί". δήλωσε η Μάλι με σφοδρότητα.

"Σ' αγαπώ", δήλωσε ο Ντάνιελ. "Χωρίς εσένα δεν θα είχα ζωή".

"Κι εγώ σ' αγαπώ", είπε η Μάλι. "Θα είμαστε μαζί. Θυμήσου ότι μου υποσχέθηκες μια κόρη".

Ο Ντάνιελ γέλασε καθώς κρατούσε τη Μάλι.

ΚΕΦΑΛΑΙΟ 9

Η οικογένεια Γκρέι καθόταν στο δωμάτιο του Ντάνιελ και μιλούσε. Όταν ο γιατρός δεν είχε έρθει μέχρι το μεσημέρι, ο Ματ άρχισε να ανησυχεί. Όταν χτύπησε το τηλέφωνό του, το σήκωσε γρήγορα.

"Γεια σας, έρχομαι αμέσως." Έκλεισε το τηλέφωνο και κοίταξε όλα τα πρόσωπα που τον εξέταζαν. "Θα επιστρέψω σε λίγο. Θα συναντήσω την Μπάρμπαρα στην καφετέρια για μεσημεριανό γεύμα". Με ένα γρήγορο νεύμα βγήκε από την πόρτα πριν προλάβει κανείς να πει οτιδήποτε.

Ο Ματ κατέβηκε βιαστικά για να βρει τη Μπάρμπαρα να μπαίνει στην καφετέρια. Πήρε το χέρι της και μπήκε μαζί της. Πήραν τις θέσεις τους στην ουρά για να πάρουν το γεύμα τους. "Χαίρομαι πολύ που συμφώνησες να γευματίσεις μαζί μου", είπε στη Μπάρμπαρα.

"Χαίρομαι που με ρώτησες". Η Μπάρμπαρα του χαμογέλασε.

Ο Ματ πέρασε γύρω από τη Μπάρμπαρα και πλήρωσε και τα δύο γεύματα. Κοίταξαν γύρω τους και εντόπισαν ένα άδειο τραπέζι δίπλα στο παράθυρο. Ο Ματ τους οδήγησε σε αυτό. Αφού κάθισαν και άρχισαν να τρώνε το γεύμα τους, η

Μπάρμπαρα έριχνε συνεχώς γρήγορες ματιές στον Ματ. Τις περισσότερες φορές, έπιανε τον Ματ να την κοιτάζει.

"Πότε θα επιστρέψετε στο σπίτι;" ρώτησε η Μπάρμπαρα.

"Δεν ξέρω, ακόμα. Θα επιστρέψω στις ΗΠΑ σε ένα μήνα, αλλά δεν ξέρω πού θα τοποθετηθώ. Τώρα που σε γνώρισα, θα έρθω στο σπίτι για μια επίσκεψη το συντομότερο δυνατό". Ο Ματ την κοίταξε με σοβαρότητα. "Σκοπεύω να δω αν μπορούμε να χτίσουμε πάνω στα συναισθήματα που μοιραζόμαστε. Ξέρω ότι δεν έχω ξανανιώσει ποτέ έτσι και θέλω να διαρκέσει".

"Ξέρεις", είπε η Μπάρμπαρα. "Ήμουν φοβερά ερωτευμένη μαζί σου όταν ήμουν έφηβη. Δεν νομίζω ότι το ξεπέρασα ποτέ".

Ο Ματ πήρε το χέρι της και το έσφιξε ελαφρά. Κράτησε το χέρι της και δεν το άφησε. "Χαίρομαι."

Η Μπάρμπαρα χαμογέλασε. "Ξέρεις ότι είναι δύσκολο να τρως με το ένα χέρι".

"Το φαγητό είναι υπερτιμημένο", ο Ματ κράτησε το χέρι της. Το σήκωσε στο στόμα του και το φίλησε ελαφρά.

Η Μπάρμπαρα κοίταξε τριγύρω για να δει αν την παρακολουθούσε κανείς και μετά αποφάσισε ότι δεν είχε σημασία. Της άρεσε ο τρόπος που την έκανε να νιώθει.

"Θα βγεις μαζί μου απόψε όταν κλείσεις τον φούρνο σου;" ρώτησε ο Ματ.

"Σήμερα είναι η πρώτη μου μέρα. Κλείνουμε στις έξι. Θέλεις να πάμε σινεμά;"

"Δεν μπορώ να σκεφτώ τίποτα που θα μου άρεσε περισσότερο από το να χαμουρευτώ μαζί σου σε μια ταινία. Θα έρθω να σε πάρω στις έξι και μισή. Θα δανειστώ και ένα αυτοκίνητο για να μην ανησυχούμε για τον οδηγό μου". Της είπε ο Ματ με ενθουσιασμό.

"Ω, δεν ξέρω, νομίζω ότι είναι κάπως ωραίο να έχεις έναν οδηγό στη διάθεσή σου", πείραξε η Μπάρμπαρα.

"Μπορούμε να πάρουμε τον οδηγό αν θέλεις", είπε ο Ματ.

"Θα είναι ακόμα πιο διασκεδαστικό να σας έχω όλη για τον εαυτό μου", είπε.

Ο Ματ έσκυψε μπροστά και της έδωσε ένα γρήγορο φιλί. Αφού πήγαν τα πιάτα τους στο παράθυρο, έφυγαν. Ο Ματ της έδωσε άλλο ένα γρήγορο φιλί πριν χωρίσουν.

"Θα σε δω απόψε", υποσχέθηκε. Χώρισαν, η Μπάρμπαρα επέστρεψε στη δουλειά της και ο Ματ στο δωμάτιο του Ντάνιελ.

Ο Ματ μπήκε στο δωμάτιο του Ντάνιελ και κοίταξε γύρω του. Η Κέιτι και ο Μπράιαν ήταν οι μόνοι εκεί εκτός από τον Ντάνιελ.

"Πού είναι η μαμά και ο μπαμπάς; Πέρασε ο γιατρός με νέα για τον Ντάνιελ;" ρώτησε ο Ματ.

"Η νοσοκόμα μας είπε ότι ο γιατρός είχε ένα επείγον περιστατικό και δεν θα κάνει επισκέψεις μέχρι αργότερα σήμερα. Ο μπαμπάς πήγε στο μαγαζί και η μαμά πήγε σπίτι για να ξεκουραστεί. Σίγουρα φαίνεσαι ευχαριστημένη με τον εαυτό σου. Έφαγες ωραίο μεσημεριανό;" πείραξε η Κέιτι.

"Ναι, το έκανα, δεσποινίς Nosy. Είχα ένα υπέροχο γεύμα. Η Μπάρμπαρα κι εγώ θα πάμε σινεμά απόψε".

"Ουάου, σίγουρα δεν χάνετε καθόλου χρόνο", αναφώνησε η Κέιτι.

"Δεν έχω χρόνο για χάσιμο. Πρέπει να χρησιμοποιήσω τον χρόνο που έχω. Μου αρέσει πολύ η Κέιτι."

Η Κέιτι ήρθε και αγκάλιασε τον μεγάλο της αδελφό. "Ελπίζω όλα να πάνε καλά για σένα", είπε.

"Ευχαριστώ", απάντησε ο Ματ.

Ο Μπομπ μπήκε απρόθυμα στο γραφείο του. Δεν ήθελε να αφήσει τη Ντέινα μόνη της, αλλά εκείνη επέμενε. Δούλεψε για αρκετές ώρες και καθάρισε το γραφείο του. Οι άνθρωποι στο γραφείο ήξεραν ότι ήθελε να είναι με τη Ντέινα και όλοι τους βοήθησαν να ελαφρύνει το φορτίο του. Όταν ετοιμαζόταν να φύγει, η Τζέιν έφερε ένα μεγάλο μπουκέτο λουλούδια.

"Οι υπάλληλοι του γραφείου πήγαν μαζί και πήραν αυτά τα λουλούδια για τη Μάλι. Αναρωτιόμασταν αν θα μπορούσες να τα πας στην Ντέινα για μας".

"Ευχαρίστως. Ξέρω ότι η Ντέινα θα τα εκτιμήσει πολύ. Ίσως της φτιάξουν το κέφι. Ανησυχεί πραγματικά για τη Μάλι. Της παίρνει τόσο καιρό να ξυπνήσει". Ο Μπομπ πήρε τα λουλούδια από τη Τζέιν και τα έβαλε στο γραφείο του, ώστε να τα πάρει όταν θα έφευγε.

"Πες στην Ντέινα, αν υπάρχει κάτι που μπορούμε να κάνουμε για να βοηθήσουμε, απλά πες μας το".

"Θα το κάνω, ευχαρίστησε τους άλλους και πες τους ότι η Μάλι θα γίνει καλά. Δεν θέλω να ακούσω τίποτα άλλο", είπε ο Μπομπ με σφοδρότητα.

Η Τζέιν έφυγε και ο Μπομπ σύντομα επέστρεψε στο νοσοκομείο.

"Γεια σας", είπε ο Μπομπ καθώς μπήκε στο δωμάτιο της Μάλι και βρήκε τη Ντέινα να της κρατάει το χέρι και να της μιλάει.

Η Ντάνα σηκώθηκε και τον πλησίασε. "Θεέ μου, τι όμορφο μπουκέτο λουλούδια".

"Είναι από το γραφείο. Η Τζέιν μου ζήτησε να τα παραδώσω. Είπε επίσης να σας πω ότι αν υπάρχει κάτι που μπορεί να κάνει κάποιος από αυτούς, απλά ενημερώστε τους".

Τα μάτια της Ντέινα δάκρυσαν. "Ευχαρίστησέ τους εκ μέρους μου".

"Το έκανα ήδη", απάντησε ο Μπομπ.

"Είναι μια υπέροχη ομάδα", δήλωσε η Ντάνα.

"Ναι, είναι και όλοι αγαπούν τη Μάλι. Την είδαν να μεγαλώνει".

Ο Μπομπ έβαλε το χέρι του γύρω από τη Ντέινα και την αγκάλιασε σφιχτά.

"Όλοι αγαπάμε εσένα και τη Μάλι, εγώ περισσότερο απ' όλους".

"Ω, Μπομπ." Η Ντέινα αγκαλιάστηκε κοντά της και ακούμπησε το πρόσωπό της στο στήθος του Μπομπ.

"Υπήρξαν νέα όσο έλειπα;"

"Όχι, ο γιατρός δεν έχει περάσει. Είχε ένα επείγον περιστατικό και θα κάνει τις επισκέψεις του αργότερα".

"Λοιπόν, δεν σε πειράζει να περιμένω μαζί σου, έτσι δεν είναι;"

"Όχι, χαίρομαι που είσαι εδώ. Αρχίζω να συνηθίζω να σε έχω κοντά μου. Μπορεί να μην σε αφήσω ποτέ ξανά να φύγεις", πείραξε η Ντέινα.

"Δεν με πειράζει. Δεν μπορώ να σκεφτώ τίποτα που θα μου άρεσε περισσότερο από το να είμαι μαζί σου για πάντα".

Ο Μπομπ την τράβηξε κοντά του και χαμήλωσε το κεφάλι του στο δικό της για ένα απαλό φιλί. Η Ντέινα τεντώθηκε και μετά χαλάρωσε. Έγειρε προς το μέρος του και βάθυνε το φιλί. Όταν το φιλί τελείωσε, ο Μπομπ έσκυψε και ακούμπησε το μέτωπό του στο μέτωπο της Ντάνα. Τόσο εκείνος όσο και η Ντέινα είχαν λαχανιάσει.

"Ουάου, μπορούμε να το ξανακάνουμε αυτό;" ρώτησε η Ντάνα.

Ο Μπομπ γέλασε και την τράβηξε κοντά του για άλλο ένα φιλί. Αυτή τη φορά η Ντέινα συνέβαλε με ενθουσιασμό. Ο Μπομπ και η Ντέινα κάθονταν ήρεμα στον καναπέ, με το χέρι του γύρω της, όταν αργότερα το απόγευμα μπήκε ο γιατρός. Η Ντέινα σηκώθηκε γρήγορα και πήγε στο κρεβάτι της Μάλι. Δεν είπε τίποτα μέχρι ο γιατρός να τελειώσει με την εξέτασή του. "Υπήρξε κάποια βελτίωση;" ρώτησε.

"Απ' όσο μπορώ να πω, είναι μια χαρά. Βελτιώνεται. Απλά πρέπει να της δώσουμε χρόνο για να αναρρώσει".

"Σας ευχαριστώ, γιατρέ", είπε η Ντέινα καθώς ο γιατρός έφυγε από το δωμάτιο.

Η Ντέινα στράφηκε στην αγκαλιά του Μπομπ. "Πρέπει να περιμένουμε", αναστέναξε.

~

Όταν ο γιατρός έφυγε από το δωμάτιο της Μάλι, πήγε στο διάδρομο προς το δωμάτιο του Ντάνιελ. Μπαίνοντας στο δωμάτιο του Ντάνιελ, πήγε στο κρεβάτι και κοίταξε τον φάκελό του. Άκουσε την καρδιά του και ένιωσε το δέρμα του. Αφού ολοκλήρωσε την εξέτασή του, στράφηκε προς τους ανήσυχους ανθρώπους στο δωμάτιο. Η Μαίρη είχε επιστρέψει στο νοσοκομείο, αφού είχε πάει σπίτι της για να κάνει ένα ντους και να φρεσκαριστεί. Ο Ματ, η Κέιτι και ο Μπράιαν ήταν μαζί της.

"Τι κάνει;" ρώτησε η Μαίρη.

"Σύμφωνα με την ακτινογραφία, ο θρόμβος αίματος έχει διαλυθεί. Το αίμα του ρέει ελεύθερα τώρα. Δεν φαίνεται να υπάρχουν άλλοι θρόμβοι από το πόδι του. Τώρα ανησυχώ για το εγκεφαλικό επεισόδιο. Δεν μπορώ να είμαι σίγουρος για το πόση ζημιά είχε γίνει πριν διαλυθεί ο θρόμβος. Θα προγραμματίσω ένα ηλεκτροεγκεφαλογράφημα για αύριο. Το τελευταίο που κάναμε δεν έδειχνε μεγάλη εγκεφαλική δραστηριότητα. Θα ξέρουμε περισσότερα μετά την εξέταση". Ο γιατρός εξέπληξε τους πάντες χαϊδεύοντας το χέρι της Μαίρης και λέγοντάς της να μην ανησυχεί πολύ. "Μπορούμε να είμαστε ενθαρρυμένοι από το ότι το αντιπηκτικό λειτουργεί. Δεν θα χρειαστεί να βάλουμε στεντ". Με ένα σύντομο νεύμα για τους υπόλοιπους ενοίκους του δωματίου, ο γιατρός έφυγε.

"Αγόρι μου, η συμπεριφορά του έχει αλλάξει", είπε η Katie. Πήγε στη μαμά της και την αγκάλιασε. "Είσαι καλά;" ρώτησε.

"Ναι, τα πάω καλά. Δεν μπορώ να καταρρεύσω τώρα. Πρέπει να συνεχίσω να πιστεύω ότι το αγόρι μου θα σηκωθεί από αυτό το κρεβάτι και θα πάει σπίτι μαζί μας. Δεν θα δεχτώ κανένα άλλο αποτέλεσμα". Χαμογέλασε. "Η Ντέινα κι εγώ δουλεύουμε με τον γιατρό. Φαίνεται ότι απέδωσε καρπούς. Συμπεριφέρεται πολύ πιο ανθρώπινα τώρα".

"Θα το πω", απάντησε η Katie. Ο Ματ και ο Μπράιαν έγνεψαν συμφωνώντας μαζί της.

Ο Ματ πέρασε γύρω από την Κέιτι και αγκάλιασε τη μαμά του. "Τώρα που ήρθε ο γιατρός, θα φύγω. Πρέπει να πάω στο σπίτι, να ξεκουραστώ λίγο και να φρεσκαριστώ πριν από το αποψινό ραντεβού μου".

"Έχεις ραντεβού;" ρώτησε η Μαίρη.

"Ναι, θα πάω την Μπάρμπαρα στον κινηματογράφο. Παρεμπιπτόντως, θα μπορούσα να δανειστώ ένα αυτοκίνητο; Δεν θέλω να βγάλω τη Μπάρμπαρα έξω με έναν οδηγό σε στρατιωτικό όχημα".

"Είναι καλό κορίτσι. Εσείς οι δύο να περάσετε καλά. Φυσικά, μπορείς να δανειστείς το αυτοκίνητό μου. Μπορώ να πάω με τον μπαμπά σου ή με την Κέιτι και τον Μπράιαν. Έλα, να σου δώσω τα κλειδιά μου". Η Μαίρη πήγε στην τσάντα της, έβγαλε τα κλειδιά του αυτοκινήτου της και τα έδωσε στον Ματ.

"Ευχαριστώ, μαμά". Ο Ματ έσκυψε μπροστά και φίλησε τη μητέρα του στο μάγουλο. Η Μαίρη κοκκίνισε με αυτή την επίδειξη στοργής, αλλά έδειχνε ευχαριστημένη.

Ο Ματ έφυγε γρήγορα. Είχε πολύ καλή διάθεση όταν κατέβηκε κάτω για να απολύσει τον οδηγό του μέχρι την επόμενη μέρα. Αφού έδωσε στον οδηγό το ρεπό του, ο Ματ μπήκε στο αυτοκίνητο της μητέρας του και κατευθύνθηκε στο σπίτι του για ξεκούραση και ένα ντους. Ανυπομονούσε πραγματικά για το ραντεβού του με τη Μπάρμπαρα.

Πίσω στο δωμάτιο του Ντάνιελ, η Katie και ο Brian μιλούσαν με τη Mary. Προσπαθούσαν να την απασχολήσουν ώστε να μην ανησυχεί τόσο πολύ για τον Ντάνιελ.

Η Katie έβγαλε το κινητό της και άρχισε να της δείχνει τις τελευταίες φωτογραφίες της Sylvia. Είχε φωτογραφίες της να τρώει, να παίζει, να κάνει μπάνιο, να κάνει ακαταστασία και να χαμογελάει όμορφα στον φακό. Η Μαίρη είχε ενθουσιαστεί με τη μικρή της εγγονή.

"Είναι πανέμορφη", αναστέναξε απαλά η Μαίρη. "Πότε θα την φέρεις για επίσκεψη;"

"Σύντομα, μαμά. Πολύ σύντομα." Η Κέιτι αγκάλιασε τη μαμά της και την άφησε να κοιτάζει τις φωτογραφίες στο τηλέφωνο. Η Κέιτι πήγε στον Μπράιαν και σκύβοντας πάνω του, τον αγκάλιασε και τον φίλησε. Ο Μπράιαν την αγκάλιασε κι αυτός και ανταπέδωσε το φιλί. Την κράτησε σφιχτά μέχρι που εκείνη απομακρύνθηκε για να επιστρέψει στη μαμά της.

Η Κέιτι τον χάιδεψε στο μάγουλό του. "Ευχαριστώ", είπε.

"Όποτε θέλετε", υποσχέθηκε ο Μπράιαν.

Η Μάλι αναδεύτηκε. Ήταν ξαπλωμένη στην αγκαλιά του Ντάνιελ. Ήταν στο αγαπημένο τους μέρος στην παραλία. Εκείνη και ο Ντάνιελ είχαν μιλήσει και φιληθεί μέχρι που αποκοιμήθηκαν ο ένας στην αγκαλιά του άλλου. Αισθανόταν λίγο σκληρή, αλλά δεν ήθελε να ξυπνήσει τον Ντάνιελ, γι' αυτό έμεινε πάλι ακίνητη. Ήταν παραδεισένιο απλά να βρίσκεται εδώ στην αγκαλιά του. Η Μάλι αναστέναξε απαλά. Ανησυχούσε για το πώς θα πήγαιναν τα πράγματα για εκείνη και τον Ντάνιελ. Θα ξυπνούσαν; Θα κατάφερναν να έχουν τη ζωή για την οποία μιλούσαν μαζί; Τον αγαπούσε τόσο πολύ. Έπρεπε να έχουν μια ευκαιρία. Δεν υπήρχε περίπτωση να μην είναι μαζί. Γιατί αλλιώς θα συναντιόντουσαν έτσι; Ήταν γραφτό να είναι μαζί.

"Σκέφτεσαι πολύ έντονα", είπε ο Ντάνιελ. "Χαλάρωσε."

"Λυπάμαι. Δεν ήθελα να σε ξυπνήσω". Είπε η Μάλι.

"Δεν πειράζει. Θα προτιμούσα να είμαι ξύπνιος και να απολαμβάνω την αίσθησή σου στην αγκαλιά μου".

"Ω, Ντάνιελ, αισθάνομαι το ίδιο". Η Μάλι τον αγκάλιασε σφιχτά για μια στιγμή. "Σ' αγαπώ τόσο πολύ. Είναι δύσκολο να πιστέψω ότι έπρεπε να είμαι σε κώμα για να γνωρίσω τον έρωτα της ζωής μου".

Έχω την αίσθηση ότι ήταν γραφτό να συναντηθούμε. Η μοίρα ανέλαβε τα ηνία όταν εσύ είχες το ατύχημά σου και εγώ τον θρόμβο μου. Η μοίρα επενέβη και μας έφερε κοντά". Ο Ντάνιελ τελείωσε με ικανοποίηση.

"Λοιπόν, ζήτω η μοίρα. Τώρα πρέπει απλώς να μας ξυπνήσει για να μπορέσουμε να ξεκινήσουμε τη ζωή μας μαζί". ολοκλήρωσε η Μάλι με δάκρυα στα μάτια.

"Σσσς, δεν πειράζει, θα έχουμε την ευκαιρία μας. Σ' αγαπώ." Ο Ντάνιελ ηρέμησε τη Μάλι.

~

Ενώ η Μάλι και ο Ντάνιελ μιλούσαν στην παραλία τους, ο Μπομπκαι η Ντάνα μιλούσαν στο δωμάτιο του νοσοκομείου της Μάλι.

"Όταν ξυπνήσει η Μάλι, θα σας βγάλω έξω να το γιορτάσουμε. Θα πάμε σε ένα ωραίο εστιατόριο, θα πιούμε σαμπάνια και μετά θα πάμε για χορό. Θέλω να περάσω ένα ολόκληρο βράδυ με τα χέρια μου γύρω σου". Ο Μπομπ έπαιζε με τις κοντές μπούκλες στο λαιμό της Ντάνα καθώς μιλούσε.

"Με ρωτάς ή μου το λες;" ρώτησε η Ντάνα. Ένιωσε ένα απολαυστικό ρίγος στην αίσθηση του χεριού του Μπομπ στο λαιμό της που έπαιζε με τα μαλλιά της.

Ο Μπομπ χαμογέλασε. "Λίγο και από τα δύο υποθέτω. Θα βγεις μαζί μου, έτσι δεν είναι;"

Η Ντέινα του χαμογέλασε. "Μόλις ξυπνήσει η Μάλι, θα χαρώ να βγω μαζί σου. Θα ήθελα πολύ να πάμε για χορό. Έχω χρόνια να το κάνω αυτό. Θα είναι υπέροχο να ξαναπάω και το να είμαι μαζί σου θα το κάνει ακόμα καλύτερο".

Ο Μπομπ την τράβηξε πιο κοντά και της έδωσε ένα απαλό φιλί.

"Πώς θα κάνω τη Μάλι να βιαστεί να ξυπνήσει;" ρώτησε πειραγμένα.

"Αν ήξερα πώς να το κάνω αυτό, θα την είχα ήδη ξυπνήσει".

απάντησε η Ντέινα. Ακούμπησε το κεφάλι της στο στήθος του Μπομπ και χαλάρωσε.

Ο Μπομπ έκλεισε τα χέρια του γύρω της και ακούμπησε το πηγούνι του στα μαλλιά της.

"Θα ξυπνήσει σύντομα", απάντησε.

~

Ο Ματ αποφάσισε να περπατήσει μέχρι το σπίτι της Μπάρμπαρα για να την πάρει αντί να μετακινήσει το αυτοκίνητο. Όταν χτύπησε την πόρτα, η μητέρα της Μπάρμπαρα άνοιξε. Τον κοίταξε διερευνητικά.

"Γεια σας, κυρία Σμιθ. Είμαι ο Ματ Γκρέι από τη διπλανή πόρτα. Ήρθα να πάρω την Μπάρμπαρα. Θα πάμε σινεμά".

Η κυρία Σμιθ χαμογέλασε καθώς άνοιξε την πόρτα για τον Ματ. "Γεια σου, Ματ. Έχω καιρό να σε δω". Την οδήγησε στο σαλόνι και έδειξε τον καναπέ. "Κάθισε. Η Μπάρμπαρα θα κατέβει σε λίγο. Δεν έχει γυρίσει από τη δουλειά για πολύ καιρό. Πώς είναι ο Ντάνιελ;"

Ο Ματ κάθισε υποχρεωτικά στον καναπέ. "Ο Ντάνιελ βρίσκεται ακόμα σε κώμα, αλλά ο θρόμβος έχει διαλυθεί, οπότε ελπίζουμε ότι θα ξυπνήσει σύντομα".

Η Μπάρμπαρα μπήκε στο δωμάτιο την ώρα που εκείνος έλεγε στη μητέρα της αυτά τα νέα. "Γεια" χαιρέτησε τον Ματ.

"Γεια", ο Ματ σηκώθηκε όρθιος χαιρετώντας τη Μπάρμπαρα. "Είσαι έτοιμη να φύγουμε;"

"Ναι" απάντησε. Γύρισε και αγκάλιασε γρήγορα τη μαμά της. "Καληνύχτα, μαμά. Θα σε δω αργότερα".

Εκείνη και ο Ματ κατευθύνθηκαν προς την πόρτα. Όταν βγήκαν έξω, ο Ματ άρχισε να την οδηγεί στην επόμενη πόρτα. Εκείνη τον κοίταξε μπερδεμένη. Ο Ματ γέλασε με το βλέμμα της. "Σκέφτηκα να αφήσω το αυτοκίνητο εκεί και να έρθω με τα πόδια να σε πάρω. Δεν σε πειράζει ένας σύντομος περίπατος, έτσι δεν είναι;"

"Όχι, δεν με πειράζει", συμφώνησε.

Όταν έφτασαν στο αυτοκίνητο, ο Ματ της άνοιξε την πόρτα και την περίμενε να μπει μέσα πριν κλείσει την πόρτα και γυρίσει το αυτοκίνητο στην πλευρά του οδηγού. "Θα ήθελες να σταματήσουμε να φάμε κάτι πριν από την ταινία;" ρώτησε ο Ματ.

"Όχι", απάντησε η Μπάρμπαρα. "Θέλω μόνο έναν μεγάλο κουβά ποπ κορν για να μοιραστούμε και μεγάλα ποτά".

"Ο μόνος τρόπος για να δεις μια ταινία", συμφώνησε ο Matt.

"Ξέρεις ποια ταινία θέλεις να δεις;"

"Δεν ξέρω τι παίζει. Μπορούμε να αποφασίσουμε όταν φτάσουμε εκεί".

"Εντάξει", συμφώνησε ο Ματ.

Αποφάσισαν για μια τρισδιάστατη έκδοση του Transformers.

"Είσαι σίγουρη ότι θέλεις να δεις αυτή την ταινία;" ρώτησε ο Ματ.

"Απολύτως", δήλωσε η Μπάρμπαρα με ένα πλατύ χαμόγελο. "Ας πάρουμε το ποπ κορν μας".

"Εντάξει", συμφώνησε ο Ματ.

Πήραν τα ποπ κορν και τα ποτά τους και κάθισαν στη μέση περίπου της αίθουσας. Βολεύτηκαν να παρακολουθήσουν τα previews ενώ περίμεναν να αρχίσει η ταινία. Όταν ανακοίνωσαν την έναρξη της ταινίας, ο Ματ έδωσε στη Μπάρμπαρα τα τρισδιάστατα γυαλιά της. Η Μπάρμπαρα τα πήρε με χαμόγελο. "Λατρεύω τις τρισδιάστατες ταινίες", είπε.

Έψαξαν το ποπ κορν τους και ετοιμάστηκαν να παρακολουθήσουν την ταινία. Ο Ματ αγκάλιασε την Μπάρμπαρα και χαμογέλασε με τον ενθουσιασμό της.

"Ω, κοίτα, τα ρομπότ μοιάζουν σαν να βγαίνουν στο θέατρο". Η Μπάρμπαρα έσκυψε το κεφάλι σαν να απέφευγε το ρομπότ.

Ο Ματ γέλασε και την αγκάλιασε πιο σφιχτά. "Μπορώ να δω σαφή πλεονεκτήματα σε μια τρισδιάστατη ταινία", είπε.

"Ναι", συμφώνησε η Μπάρμπαρα καθώς αγκαλιάστηκε πιο κοντά στον Ματ. "Όπως είπα, λατρεύω τις τρισδιάστατες ταινίες". Χαμογέλασε στον Ματ. Εκείνος έσκυψε μπροστά και τη φίλησε ελαφρά.

"Χμ, ωραία", είπε η Μπάρμπαρα. "Έχεις γεύση σαν ποπ κορν".

Όλοι στο ακροατήριο έμειναν άφωνοι και η Μπάρμπαρα κοίταξε γρήγορα πίσω στην ταινία. Ο Ματ έκατσε αναπαυτικά, κρατώντας την Μπάρμπαρα αγκαλιά και απολαμβάνοντας την ταινία μαζί της.

Αφού τελείωσε η ταινία, ο Ματ και η Μπάρμπαρα μάζεψαν τα ποτήρια και τον κουβά με το ποπ κορν για να τα πετάξουν στον κάδο απορριμμάτων. Η Μπάρμπαρα ήθελε να κρατήσει τα τρισδιάστατα γυαλιά ως αναμνηστικό, οπότε ο Ματ τα έβαλε στην τσέπη του για να τα κρατήσει για εκείνη.

"Πέρασα πολύ καλά απόψε", είπε η Μπάρμπαρα. "Χαίρομαι που καταλήξαμε σε αυτή την ταινία".

"Κι εγώ", είπε ο Ματ. "Έχω να απολαύσω μια ταινία τόσο πολύ από τότε που ήμουν παιδί. Η παρέα ήταν επίσης υπέροχη". Την έστρεψε προς το μέρος του και της έδωσε ένα γρήγορο φιλί. Έγειρε προς τα πίσω και την κοίταξε στα μάτια. "Σε ερωτεύομαι", είπε.

"Χαίρομαι", απάντησε η Μπάρμπαρα. "Επειδή, κι εγώ σ' αγαπώ".

Ο Ματ έσκυψε για άλλο ένα φιλί.

Διακόπηκαν από τις φωνές και τα σφυρίγματα ενός διερχόμενου αυτοκινήτου. Ο Ματ απομακρύνθηκε απρόθυμα. Κοίταξε γύρω του σαν να θυμόταν ότι βρισκόταν σε δημόσιο δρόμο.

"Καλύτερα να φύγουμε", είπε. Κρατούσε τη Μπάρμπαρα κοντά του καθώς συνέχιζαν προς το αυτοκίνητό τους.

"Έχω μόνο λίγες μέρες ακόμα μέχρι να παρουσιαστώ για

υπηρεσία. Υπάρχει περίπτωση να βρεθούμε όταν επιστρέψω; Θα μου γράψεις; Δεν ξέρω τι άλλο μπορώ να κάνω χωρίς να σε πιέσω. Δεν θέλω να σε τρομάξω, αλλά θέλω να σκεφτούμε να φτιάξουμε μια ζωή μαζί. Δεν ξέρω πώς, ακόμα. Θα πρέπει να δουλέψουμε πάνω στις λεπτομέρειες". Ο Ματ έκανε μια παύση για να πάρει ανάσα. Η Μπάρμπαρα έβαλε ένα χέρι στα χείλη του.

"Θα κάνετε μια παύση για να σας απαντήσω; Ναι, μπορούμε να βρεθούμε όποτε θέλεις. Ναι, θα σου γράψω. Δεν με βιάζεις ούτε με τρομάζεις. Είμαι ερωτευμένη μαζί σου για πάντα. Ελπίζω να μπορέσουμε να κανονίσουμε τις λεπτομέρειες, γιατί θέλω μια ζωή μαζί σου".

Ο Ματ τράβηξε την Μπάρμπαρα στην αγκαλιά του για ένα παθιασμένο φιλί. Όταν βγήκε για να πάρει αέρα, ανέπνεαν και οι δύο βαριά.

Ο Ματ βογκούσε. "Είμαστε ακόμα σε δημόσιο δρόμο. Καλύτερα να φύγουμε πριν μας συλλάβουν για ανάρμοστη συμπεριφορά".

Βοήθησε τη Μπάρμπαρα να μπει στο αυτοκίνητο και οδήγησε στο σπίτι. Πάρκαρε στο δρόμο των γονιών του και πλησίασε τη Μπάρμπαρα. Πέρασε αρκετή ώρα μέχρι να τη συνοδεύσει στο διπλανό της σπίτι.

ΚΕΦΆΛΑΙΟ 10

Ο Ντάνιελ ήταν ήδη στην παραλία πριν καλέσει τη Μάλι. Δεν έβλεπε καμία ανάγκη να κατέβει στις ακτινογραφίες όπου έκαναν το ηλεκτροεγκεφαλογράφημα. Θα προτιμούσε να είναι στην παραλία με τη Μάλι.

Η Μάλι εμφανίστηκε αμέσως και χώθηκε στον Ντάνιελ.

"Χαίρομαι πολύ που τηλεφώνησες. Νιώθω σαν ηδονοβλεψίας στο δωμάτιο με τη μαμά και τον Μπομπ. Χαίρομαι που αυτοί οι δύο τα βρίσκουν, αλλά δεν θέλω να ακούω.

Ο Ντάνιελ γέλασε. "Κι εγώ χαίρομαι που τα βρίσκουν. Αυτό θα μας διευκολύνει πολύ. Θα με παντρευτείς, έτσι δεν είναι;" Την κοίταξε διερευνητικά στο πρόσωπό της.

"Ναι", απάντησε η Μάλι. "Θέλω να παντρευτούμε το συντομότερο δυνατό, ώστε να αρχίσουμε να δουλεύουμε για το κοριτσάκι που μου υποσχέθηκες".

Η Μάλι κοίταξε τον Ντάνιελ στα μάτια. "Σ' αγαπώ πάρα πολύ", είπε.

"Κι εγώ σ' αγαπώ". Ο Ντάνιελ έσκυψε πιο κοντά και άρχισε ένα απαλό φιλί. Σύντομα έγινε πολύ περισσότερο και τους άφησε και τους δύο με κομμένη την ανάσα.

~

Ο Ντάνιελ έμεινε στις ακτινογραφίες για περίπου μία ώρα, πριν τον φέρουν πίσω στο δωμάτιό του. Η Κέιτι, ο Ματ και η Μαίρη περίμεναν... Ο Χέρμαν έπρεπε να πάει στο μαγαζί του και ο Μπράιαν είχε κάποια δουλειά στον υπολογιστή που έπρεπε να τελειώσει. Είχαν μάθει ότι δεν θα ήταν καλό να κάνουν ερωτήσεις. Έπρεπε να περιμένουν τον γιατρό για να μάθουν οτιδήποτε.

Η Κέιτι πήγε στο παράθυρο και στάθηκε κοιτάζοντας έξω. Ο Ματ την συνάντησε εκεί. Η Κέιτι γύρισε και κοίταξε τον Ματ.

"Εσύ και η Μπάρμπαρα έρχεστε πολύ γρήγορα κοντά. Δεν πρέπει να φύγετε σε λίγες μέρες;"

Ο Ματ αναστέναξε. "Ναι, το συζητήσαμε. Θα γράψει και εγώ θα προσπαθήσω να σταθμεύσω κοντά της μόλις μετατεθώ πίσω στις ΗΠΑ. Νοιάζομαι πραγματικά γι' αυτήν, Κέιτι. Θέλω να φτιάξω μια ζωή μαζί της".

Η Κέιτι αγκάλιασε τον αδελφό της. "Πήγαινε εσύ. Μην αφήσεις τίποτα να σταθεί εμπόδιο στο δρόμο σου. Ελπίζω όλα να πάνε καλά για σένα".

"Ευχαριστώ, το ελπίζω κι εγώ".

Ο Ματ κοίταξε τη μητέρα του. Ήταν στο κρεβάτι του Ντάνιελ, με τα μάτια κλειστά, και έλεγε μια προσευχή. Ο Ματ κοίταξε πάλι την Κέιτι. "Νομίζω ότι θα πάω κάτω στην καφετέρια να πάρω λίγο καφέ. Θα ήθελες κάτι;"

"Όχι, είμαι καλά προς το παρόν. Θα κατέβω να φάω όταν έρθει ο Μπράιαν", απάντησε η Κέιτι.

Ο Ματ έφυγε χωρίς να ενοχλήσει τη μητέρα του. Ήθελε απλώς να περπατήσει λίγο και να τεντώσει τα πόδια του. Δεν είχε συνηθίσει να κάθεται τόσο πολύ. Ο Ματ πήρε τον καφέ του και κοίταξε γύρω του για να βρει μια θέση. Είδε την Ντέινα και τον Μπομπ σε ένα τραπέζι δίπλα στο παράθυρο. Περπατώντας προς τα εκεί, αποφάσισε να πει ένα γεια. Η

Ντέινα σήκωσε το βλέμμα της και χαμογέλασε όταν σταμάτησε στο τραπέζι τους.

"Γεια σας, σας είδα να κάθεστε εδώ και σκέφτηκα να σας ρωτήσω τι κάνει η Μάλι".

"Καθίστε. Η Μάλι είναι περίπου το ίδιο. Την αφήσαμε με τη νοσοκόμα που της κάνει μπάνιο και μασάζ", απάντησε η Ντέινα.

Ο Ματ τράβηξε μια καρέκλα και κάθισε. "Είναι τόσο δύσκολο να τους βλέπω να ξαπλώνουν εκεί", αναστέναξε ο Ματ. "Κοιτάζω τον μικρό μου αδελφό και θέλω να πω έλα ξύπνα, Ντάνιελ. Θα έπρεπε να είναι έξω, να ζει τη ζωή του, όχι να βρίσκεται εκεί τόσο ακίνητος".

"Το ξέρω", συμφώνησε η Ντάνα.

Ο Ματ κοίταξε τον Μπομπ. "Έμαθα ότι είσαι ο τοπικός μεσίτης. Υπάρχουν καλές ευκαιρίες για σπίτια εδώ γύρω;"

"Εξαρτάται από το τι ψάχνετε", είπε ο Μπομπ. "Έχουμε μια νέα υποδιαίρεση δυτικά της πόλης. Υπάρχουν μερικά παλιά σπίτια διάσπαρτα τριγύρω. Ψάχνετε να αγοράσετε ένα σπίτι εδώ γύρω;"

"Το σκέφτομαι", απάντησε ο Ματ.

"Λοιπόν, όταν ετοιμαστείς, έλα από εδώ και θα σε βάλουμε στο σπίτι των ονείρων σου". Ο Μπομπ έδωσε στον Ματ την κάρτα του.

Ο Ματ πήρε την κάρτα και την κοίταξε. "Μπορεί και να το κάνω. Ο Ματ σηκώθηκε από τη θέση του. Υποθέτω ότι πρέπει να επιστρέψω επάνω. Χάρηκα που μιλήσαμε".

"Τα λέμε αργότερα", απάντησε η Ντάνα.

Ο Matt έφυγε και ο Μπομπ πήρε το χέρι της Ντάνα. Δεν μπορούσε να περάσει πολύ ώρα χωρίς να την αγγίξει. Η Ντέινα του χαμογέλασε, αλλά άφησε το χέρι της στο δικό του.

~

Η νοσοκόμα ετοιμαζόταν να φύγει όταν ο Μπομπ και η Ντέινα επέστρεψαν στο δωμάτιο της Μάλι.

"Νομίζω ότι υπήρξε μια μικρή αντίδραση όταν έκανα μασάζ στο πόδι της Μάλι. Δεν είμαι σίγουρος. Ήταν σαν να τεντώθηκε για λίγα δευτερόλεπτα. Ίσως αρχίζει να συνειδητοποιεί τα πράγματα. Θα πρέπει να περιμένουμε και να δούμε". Με αυτά τα χαρούμενα νέα, η νοσοκόμα έφυγε.

"Έχω κουραστεί τόσο πολύ με αυτές τις λέξεις", είπε η Ντάνα. "Το μόνο που κάνω είναι να περιμένω και να βλέπω".

"Τα νέα είναι ενθαρρυντικά", είπε ο Μπομπ. "Αν η Μάλι ξαναβρίσκει κάποια αίσθηση, πρέπει να βγαίνει από το κώμα".

"Έχεις δίκιο. Μετά από όλα αυτά, δεν χρειάζεται να αρχίσω να γίνομαι επιλεκτικός". Γύρισε το πρόσωπό της στο στήθος του Μπομπ. "Ω, Μπομπ, το κοριτσάκι μου μπορεί να ξυπνάει".

Ο Μπομπ την αγκάλιασε σφιχτά και μοιράστηκε μαζί της την ευτυχισμένη στιγμή.

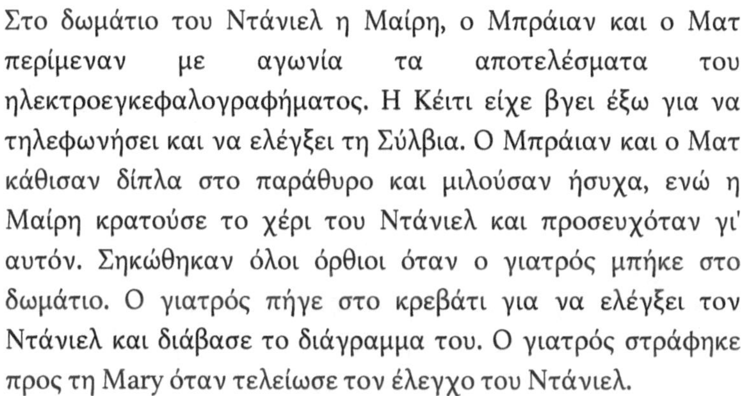

Στο δωμάτιο του Ντάνιελ η Μαίρη, ο Μπράιαν και ο Ματ περίμεναν με αγωνία τα αποτελέσματα του ηλεκτροεγκεφαλογραφήματος. Η Κέιτι είχε βγει έξω για να τηλεφωνήσει και να ελέγξει τη Σύλβια. Ο Μπράιαν και ο Ματ κάθισαν δίπλα στο παράθυρο και μιλούσαν ήσυχα, ενώ η Μαίρη κρατούσε το χέρι του Ντάνιελ και προσευχόταν γι' αυτόν. Σηκώθηκαν όλοι όρθιοι όταν ο γιατρός μπήκε στο δωμάτιο. Ο γιατρός πήγε στο κρεβάτι για να ελέγξει τον Ντάνιελ και διάβασε το διάγραμμα του. Ο γιατρός στράφηκε προς τη Mary όταν τελείωσε τον έλεγχο του Ντάνιελ.

"Το ηλεκτροεγκεφαλογράφημα δεν έδειξε κανένα σημάδι πρόσθετου προβλήματος με θρόμβους αίματος. Το μόνο πρόβλημα είναι ότι υπάρχει περιορισμένη εγκεφαλική δραστηριότητα. Μέχρι στιγμής, δεν φαίνεται να βγαίνει από το κώμα. Δεν υπάρχει τρόπος να πούμε αν θα βγει ποτέ από το κώμα. Θα συνεχίσουμε να τον παρακολουθούμε για να δούμε αν υπάρχει κάποια αύξηση της εγκεφαλικής δραστηριότητας. Προς το παρόν αυτό είναι το μόνο που μπορούμε να κάνουμε. Λυπάμαι", είπε στη Μαίρη καθώς της έσφιγγε το χέρι.

Η Μαίρη κατάφερε να χαμογελάσει αδύναμα. "Σας ευχαριστώ, γιατρέ. Ξέρω ότι κάνετε ό,τι μπορείτε". Ο γιατρός της έσφιξε ακόμη ένα χέρι και έπειτα έφυγε.

Αφού έφυγε, ο Ματ παρατήρησε ότι η μητέρα του έκλαιγε. Πήγε και την πήρε στην αγκαλιά του.

"Έλα, μαμά, δεν πρέπει να εγκαταλείψεις την ελπίδα. Βασίσου στον Ντάνιελ. Θα επιστρέψει σε μας. Πρέπει να έχεις πίστη. Μην αφήσεις κάποιο ηλίθιο μηχάνημα να σε κάνει να τα παρατήσεις. Έλα, χαμογέλασε μου και δείξε μου λίγο από το περίφημο αγωνιστικό σου πνεύμα".

Η Μαίρη χάρισε στον Ματ ένα τρεμάμενο χαμόγελο. "Έχεις δίκιο, δεν μπορούμε να αποκλείσουμε τον Ντάνιελ μόνο και μόνο λόγω ενός τεστ. Είναι σάρκα και αίμα. Πρέπει να ελπίζουμε σε ένα θαύμα. Ο Ντάνιελ θα επιστρέψει σε μας", έδωσε μια τελευταία μυρωδιά και χάιδεψε το στήθος του Ματ.

"Ευχαριστώ που μου το θύμισες", είπε.

"Παρακαλώ", είπε ο Ματ.

Η Μαρία επέστρεψε στο κρεβάτι του Δανιήλ και συνέχισε τις προσευχές της.

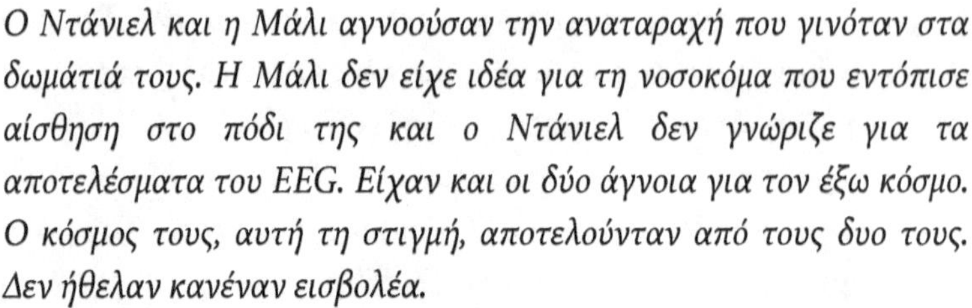

Ο Ντάνιελ και η Μάλι αγνοούσαν την αναταραχή που γινόταν στα δωμάτιά τους. Η Μάλι δεν είχε ιδέα για τη νοσοκόμα που εντόπισε αίσθηση στο πόδι της και ο Ντάνιελ δεν γνώριζε για τα αποτελέσματα του EEG. Είχαν και οι δύο άγνοια για τον έξω κόσμο. Ο κόσμος τους, αυτή τη στιγμή, αποτελούνταν από τους δυο τους. Δεν ήθελαν κανέναν εισβολέα.

"Σκεφτόμουν ένα όνομα για την κόρη μας", είπε η Μάλι.

"Δεν βιάζεσαι λιγάκι;" ρώτησε ο Ντάνιελ.

"Όχι", είπε η Μάλι. "Πρέπει να τα προγραμματίζεις αυτά τα πράγματα".

"Εντάξει", είπε ο Ντάνιελ επιεικώς. "Τι σκέφτηκες;"

"Λοιπόν", είπε η Μάλι. "Νομίζω ότι πρέπει να την ονομάσουμε Μαίρη Ντανιέλ". Κοίταξε τον Ντάνιελ με προσδοκία. "Εσύ τι λες;"

Ο Ντάνιελ την κοίταξε με δάκρυα στα μάτια. "Νομίζω ότι είναι υπέροχο όνομα και η μαμά θα το λατρέψει".

"Θα μπορούσαμε να την ονομάσουμε Ντάνι. Έτσι κανείς δεν θα πληγωθεί".

"Σ' αγαπώ", είπε ο Ντάνιελ. Την αγκάλιασε σφιχτά και της έδειξε πόσο.

Η Μάλι ανταπέδωσε το φιλί του με ενθουσιασμό.

"Υποθέτω ότι πρέπει να πάμε να δούμε τι συμβαίνει", είπε ο Ντάνιελ.

"Υποθέτω, ναι", είπε η Μάλι με έναν αναστεναγμό. "Ενημέρωσέ με τι λέει ο γιατρός για το ηλεκτροεγκεφαλογράφημά σου".

"Εντάξει", ο Ντάνιελ της έδωσε άλλο ένα γρήγορο φιλί και εξαφανίστηκαν στα δωμάτιά τους.

~

Η Μάλι άκουσε την Ντάνα και τον Μπόμπνα συζητούν τα λόγια της νοσοκόμας. Αναρωτήθηκε αν θα μπορούσε να είναι αλήθεια. Δεν θα είχε νιώσει κάτι αν η αίσθηση επέστρεφε; Το είχε νιώσει όταν της έκαναν τις ενέσεις. Ίσως οι ενέσεις να έγιναν αισθητές επειδή πονούσαν.

"Ο Ντάνιελ", σκέφτηκε.

"Εδώ είμαι, Μάλι", απάντησε ο Ντάνιελ. "Συμβαίνει κάτι;"

"Όχι, απλώς άκουγα τη μαμά και τον Μπομπ. Είπαν ότι η νοσοκόμα νόμιζε ότι ένιωσε κάποια κίνηση στο πόδι μου. Θα μπορούσε να υπάρχει αίσθηση στο πόδι μου και να μην το ξέρω;"

"Δεν ξέρω. Νιώθεις τίποτα στο πόδι σου τώρα; Μπορείς να το κουνήσεις;"

Η Μάλι προσπάθησε να συγκεντρωθεί στο πόδι της, προσπαθώντας να το κάνει να κινηθεί.

"Δεν κάνει τίποτα άλλο από το να βρίσκεται εκεί. Δεν μπορώ να το κουνήσω".

"Λοιπόν, ίσως έκανε λάθος. Θα συμβεί, Μάλι, απλά κάνε υπομονή".

"Έχεις ακούσει τίποτα για το τεστ σου;"

"Όχι, όχι ακόμα. Θα σε ενημερώσω όταν το κάνω".

"Εντάξει", είπε η Μάλι.

Ο Ντάνιελ άρχισε να ακούει καθώς η μαμά του και η Κέιτι μπήκαν στο δωμάτιο. Πρέπει να είχαν πάει στην καφετέρια.

"Συνέβη τίποτα;" Η Mary ρώτησε τον Ματ. "Όχι", απάντησε ο Ματ, όλα ήταν ήσυχα από τότε που πέρασε ο γιατρός. "Έφαγες καλά;"

"Ναι, το έκανα. Δεν νομίζω ότι η Κέιτι το απόλαυσε όσο εγώ. Είχαν ρολό με κρέας. Πάντα μου άρεσε το ρολό. Ποτέ δεν ήταν το αγαπημένο φαγητό της Κέιτι". Απάντησε η Μαίρη.

Ο Χέρμαν μπήκε στο δωμάτιο και η Μαίρη γύρισε προς το μέρος του. Πήγε προς τα εκεί, έθαψε το πρόσωπό της στο στήθος του και τον κράτησε σφιχτά. Ο Χέρμαν έκλεισε τα χέρια του γύρω από τη Μαίρη και κοίταξε προς τον Ματ και τον Μπράιαν.

"Τι συμβαίνει; Συνέβη κάτι;" ρώτησε.

"Ήρθε ο γιατρός με τα αποτελέσματα του ηλεκτροεγκεφαλογραφήματος. Είπε ότι υπήρχε πολύ μικρή εγκεφαλική δραστηριότητα. Δεν φαινόταν να γνωρίζει ποια ήταν η αιτία ή αν θα άλλαζε. Είπε ότι θα πρέπει να τον παρακολουθούν". εξήγησε ο Ματ στον Χέρμαν. Ο Χέρμαν κρατήθηκε από τη Μαίρη. Το πρόσωπό του φαινόταν σαν να πονούσε.

. . .

"Μάλι", σκέφτηκε ο Ντάνιελ.

"Είμαι εδώ, Ντάνιελ", σκέφτηκε η Μάλι.

"Ο γιατρός είπε στην οικογένεια ότι οι εξετάσεις μου έδειξαν πολύ μικρή εγκεφαλική δραστηριότητα".

Η Μάλι σκέφτηκε για ένα λεπτό.

"Φυσικά", σκέφτηκε. "Υπήρχε ελάχιστη εγκεφαλική δραστηριότητα επειδή δεν ήσουν εκεί. Ήσουν στην παραλία μαζί μου".

Ο Ντάνιελ το σκέφτηκε. "Μπορεί να έχεις δίκιο. Την επόμενη φορά που θα κάνουν ηλεκτροεγκεφαλογράφημα θα πρέπει να πάω μαζί τους και να δω αν υπάρχει κάποια διαφορά".

"Ξέρω ότι έχω δίκιο", επέμεινε η Μάλι. "Θα δεις."

Ο Ντάνιελ γέλασε. "Ξεκουράσου λίγο, Μάλι. Θα τα πούμε αργότερα".

"Καληνύχτα, Ντάνιελ", απάντησε.

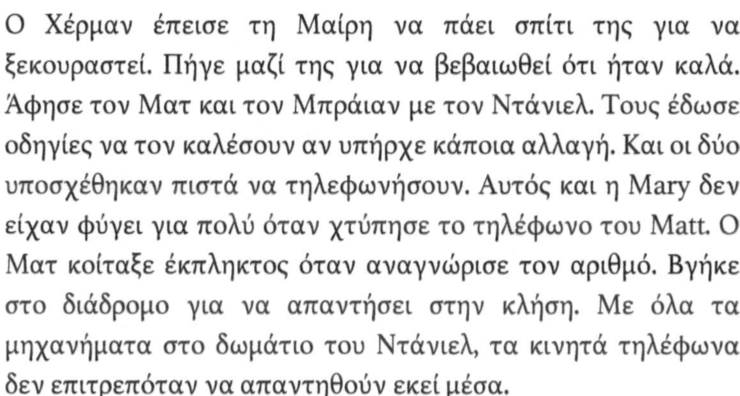

Ο Χέρμαν έπεισε τη Μαίρη να πάει σπίτι της για να ξεκουραστεί. Πήγε μαζί της για να βεβαιωθεί ότι ήταν καλά. Άφησε τον Ματ και τον Μπράιαν με τον Ντάνιελ. Τους έδωσε οδηγίες να τον καλέσουν αν υπήρχε κάποια αλλαγή. Και οι δύο υποσχέθηκαν πιστά να τηλεφωνήσουν. Αυτός και η Mary δεν είχαν φύγει για πολύ όταν χτύπησε το τηλέφωνο του Matt. Ο Ματ κοίταξε έκπληκτος όταν αναγνώρισε τον αριθμό. Βγήκε στο διάδρομο για να απαντήσει στην κλήση. Με όλα τα μηχανήματα στο δωμάτιο του Ντάνιελ, τα κινητά τηλέφωνα δεν επιτρεπόταν να απαντηθούν εκεί μέσα.

"Γεια σας", απάντησε ο Ματ.

Ο Ματ άκουσε τον ομιλητή για ένα λεπτό.

"Μάλιστα, κύριε, θα σας δω αύριο στις δεκατρείς χιλιάδες".

Ο Ματ έκλεισε το τηλέφωνο και ξαναμπήκε στο δωμάτιο του Ντάνιελ.

"Πρέπει να πάω στη βάση αύριο στη μία το μεσημέρι", είπε στον Μπράιαν.

"Υπάρχει κάποιο πρόβλημα;" ρώτησε ο Μπράιαν.

"Δεν ξέρω. Ο ταγματάρχης Ντέιβις έβαλε το γραφείο του να μου τηλεφωνήσει και να μου ζητήσει να έρθω. Υποθέτω ότι θα το μάθω όταν φτάσω εκεί".

Μόλις η Κέιτι επέστρεψε με τον καφέ για εκείνη και τον Μπράιαν, ο Ματ βγήκε πάλι έξω για να τηλεφωνήσει στη Μπάρμπαρα.

"Γεια σας", απάντησε η Μπάρμπαρα. "Αρτοποιείο Σμιθ".

"Γεια σας, μπορείτε να περάσετε από το νοσοκομείο αφού τελειώσετε τη δουλειά;" ρώτησε ο Ματ.

"Βέβαια", απάντησε η Μπάρμπαρα. "Συνέβη κάτι;"

"Δεν υπήρξε καμία αλλαγή στην κατάσταση του Ντάνιελ. Ο μπαμπάς πήρε τη μαμά στο σπίτι για να ξεκουραστεί. Είχε γίνει πολύ συναισθηματική. Νομίζω ότι είχε ανάγκη να ξεφύγει για λίγο από το άγχος".

"Εντάξει, θα κλείσω στις έξι και μισή. Θα τα πούμε σύντομα."

"Αντίο, σ' αγαπώ", είπε ο Ματ.

"Αντίο, κι εγώ σ' αγαπώ", είπε η Μπάρμπαρα.

Ο Ματ επέστρεψε μέσα για να κρατήσει συντροφιά στην Κέιτι και τον Μπράιαν, ενώ περίμενε το βράδυ και τη Μπάρμπαρα.

Η Κέιτι και ο Μπράιαν κοίταξαν όταν ο Ματ επέστρεψε στο δωμάτιο του Ντάνιελ. "Πάω στοίχημα ότι μιλούσες με τη Μπάρμπαρα", είπε πειράζοντας.

"Γιατί το λες αυτό;" ρώτησε ο Ματ.

"Λοιπόν, ίσως είναι το ικανοποιημένο βλέμμα που έχεις στο πρόσωπό σου, ή μπορεί να φταίει το ότι δείχνεις πολύ πιο χαλαρή". παρατήρησε η Κέιτι.

Ο Μπράιαν γέλασε. "Δεν μπορείς να βάλεις τίποτα πάνω

στην Κέιτι. Έχει όλα τα ένστικτα ενός θηλυκού. Είναι πολύ παρατηρητικές όταν πρόκειται για τον έρωτα". Αγκάλιασε την Κέιτι.

Ο Ματ γέλασε. "Ναι, μιλούσα στη Μπάρμπαρα. Θα περάσει από εδώ όταν κλείσει τον φούρνο της".

Η Κέιτι πήγε στο κρεβάτι του Ντάνιελ. Στάθηκε και τον κοίταξε για ένα λεπτό και πήρε το χέρι του, σφίγγοντάς το. Στη συνέχεια άφησε το χέρι του πίσω στο κρεβάτι και γύρισε. Ο Μπράιαν, βλέποντας τα δάκρυα που άρχισαν να σχηματίζονται στα μάτια της γυναίκας του, σηκώθηκε γρήγορα και πήγε στο πλευρό της. Έβαλε το χέρι του γύρω από τους ώμους της και την έσφιξε για λίγο.

"Πώς ήταν η Σύλβια όταν της μιλήσατε νωρίτερα; Έμπλεξε σε όλα και ταλαιπώρησε τη μαμά;"

Το πρόσωπο της Κέιτι καθάρισε αμέσως. Τίποτα δεν της έφτιαχνε τη διάθεση πιο γρήγορα από το να σκέφτεται την κόρη της.

"Η μαμά σου είπε ότι ήταν ένας μικρός άγγελος. Φυσικά, εμείς ξέρουμε καλύτερα. Η Σύλβια μπορεί να δοκιμάζει την υπομονή ενός αγίου μερικές φορές, αλλά αποζημιώνει όταν αγκαλιάζεται σφιχτά και βρέχει φιλιά στο πρόσωπό σου". Η Κέιτι αναστέναξε. "Ελπίζω ο Ντάνιελ να γίνει καλά, σύντομα. Μου λείπει το κοριτσάκι μου".

"Ναι", συμφώνησε ο Μπράιαν. "Κι εμένα μου λείπει".

"Εντάξει εσείς οι δύο, χαλαρώστε. Η Σύλβια είναι κακομαθημένη και θα επιστρέψετε μαζί της, σύντομα". Είπε ο Ματ. "Ο Ντάνιελ θα σηκωθεί από το κρεβάτι του νοσοκομείου και θα συνεχίσει τη ζωή του". Ο Ματ κοίταξε τον Ντάνιελ με μια προσευχή στην καρδιά του.

Μετά το δράμα, οι τρεις τους κάθισαν ήσυχοι και μίλησαν. Η Κέιτι έβγαλε το τηλέφωνό της και έδειξε στον Ματ τις φωτογραφίες της Σύλβια. Δεν φάνηκε να τον πειράζει να τις κοιτάξει ξανά. Γέλασε μάλιστα με μερικές από τις πιο ακατάστατες. Είχαν απορροφηθεί τόσο πολύ, που κοίταξαν έκπληκτοι όταν άνοιξε η πόρτα και μπήκε η Μπάρμπαρα.

Ο Ματ σηκώθηκε γρήγορα και πήγε κοντά της, τραβώντας την προς το μέρος του για ένα φιλί. Η Μπάρμπαρα έκρυψε το πρόσωπό της στο στήθος του όταν το φιλί τελείωσε.

"Έχουμε κοινό", ψιθύρισε.

"Δεν με νοιάζει", είπε ο Ματ. "Έχω ήδη πει στον Μπράιαν και την Κέιτι ότι σε αγαπώ. Δεν εκπλήσσονται".

Η Μπάρμπαρα κοίταξε την Κέιτι γύρω από τον Ματ. "Δεν σε πειράζει;" ρώτησε.

Η Κέιτι ήρθε γρήγορα στη Μπάρμπαρα. "Νομίζω ότι είναι υπέροχο. Θα γίνεις μια υπέροχη αδελφή. Πάντα το πίστευα. Συνήθιζα να προσποιούμαι ότι είσαι η αδελφή μου. Τώρα θα είσαι. Χαίρομαι πραγματικά που τα βρήκατε με τον Ματ".

"Σας ευχαριστώ", είπε η Μπάρμπαρα. "Πάντα σε ήθελα για αδελφή μου. Χαίρομαι που θα γίνει πραγματικότητα".

"Κι εγώ", συμφώνησε η Κέιτι.

"Θα ήθελες να πάμε κάτω στην καφετέρια; Μπορούμε να πάρουμε κάτι να φάμε ή απλά έναν καφέ;" ρώτησε ο Ματ.

"Βέβαια", απάντησε η Μπάρμπαρα.

"Θα τα πούμε σε λίγο", είπε ο Ματ στην Κέιτι και τον Μπράιαν καθώς έφευγαν.

Ο Ματ και η Μπάρμπαρα πέρασαν από την ουρά της καφετέριας και αποφάσισαν να κρατήσουν το γεύμα τους ελαφρύ. Κανένας από τους δύο δεν πεινούσε πολύ. Αφού κάθισαν στο αγαπημένο τους τραπέζι δίπλα στο παράθυρο, η Μπάρμπαρα κοίταξε τον Ματ.

"Εντάξει", είπε. "Τι συμβαίνει;"

"Είμαι τόσο προφανής, έτσι δεν είναι;" είπε ο Ματ.

Η Μπάρμπαρα σήκωσε τους ώμους της καθώς περίμενε να μιλήσει ο Ματ.

"Έλαβα ένα τηλεφώνημα από τον διοικητή μου. Ήταν μόνο από το γραφείο του, οπότε δεν ξέρω τι θέλει. Πρέπει να παρουσιαστώ στο γραφείο του αύριο στη μία η ώρα. Θα πρέπει να προλάβω την πτήση που θα φύγει το πρωί. Ελπίζω ότι θα επιστρέψω αύριο το βράδυ, αλλά δεν μπορώ να είμαι σίγουρος. Θα επιστρέψω το συντομότερο δυνατό".

Η Μπάρμπαρα αναστέναξε. "Υποθέτω ότι θα πρέπει να συνηθίσω σε τέτοια πράγματα, αν πρόκειται να γίνω σύζυγος ενός πεζοναύτη".

Ο Ματ της πήρε το χέρι. "Θα γίνεις η σύζυγος ενός πεζοναύτη. Θα γίνεις γυναίκα ενός πεζοναύτη. Θα τα καταφέρουμε, με κάποιο τρόπο".

"Δεν παραπονιέμαι. Κι εγώ σ' αγαπώ. Θέλω η κοινή μας ζωή να ξεκινήσει το συντομότερο δυνατό. Θα βρούμε μια λύση. Μην ανησυχείς". Έδωσε στο χέρι του Ματ ένα καθησυχαστικό σφίξιμο.

Ο Ματ και η Μπάρμπαρα έφαγαν το γεύμα τους και επέστρεψαν στο δωμάτιο του Ντάνιελ.

Όταν μπήκαν στο δωμάτιο, το πρώτο πράγμα που είδαν ήταν ένα μεγάλο μπουκέτο λουλούδια.

"Ουάου", είπε ο Ματ. "Από πού ήρθαν αυτά;"

"Παραδόθηκαν αμέσως μετά την αναχώρησή σας. Ρίξτε μια ματιά στην κάρτα", είπε η Κέιτι.

Ο Ματ πέρασε πάνω από τα λουλούδια και έσκυψε για να ρίξει μια ματιά στην κάρτα.

"Είναι από το γραφείο του ταγματάρχη Ντέιβις. Ουάου, δεν ήξερα ότι το Σώμα των Πεζοναυτών κάνει τέτοια πράγματα!" αναφώνησε ο Ματ.

Ο Ματ κοίταξε γύρω του. "Σκεφτόμουν, έχει ρωτήσει γι' αυτόν το φανταχτερό δικηγορικό γραφείο για το οποίο δουλεύει ο Ντάνιελ ή έχει έρθει καθόλου σε επαφή μαζί του;"

"Όχι από τότε που είμαι εδώ. Δεν ξέρω για πριν. Θα πρέπει να ρωτήσεις τη μαμά. Δεν θέλω πραγματικά να την αναστατώσω περισσότερο απ' ό,τι είναι ήδη", είπε η Κέιτι.

"Έχεις δίκιο. Μπορεί να περιμένει. Ήμουν απλά περίεργος". Ο Ματ κάθισε στον καναπέ και τράβηξε τη Μπάρμπαρα δίπλα του.

ΚΕΦΆΛΑΙΟ 11

"**Μ**άλι", σκέφτηκε ο Ντάνιελ.

"Εδώ είμαι", απάντησε η Μάλι.

"Άκουγα τον Ματ και την Κέιτι να μιλάνε και μόλις συνειδητοποίησα κάτι".

"Τι είναι αυτό;" Η Μάλι τον ενθάρρυνε να συνεχίσει.

"Κανείς από το δικηγορικό γραφείο δεν έχει ρωτήσει για μένα από τότε που κατέρρευσα στο γραφείο". απάντησε ο Ντάνιελ.

"Τι μαλάκες. Πρέπει να απομακρυνθείς από αυτούς τους ανθρώπους, Ντάνιελ", η Μάλι ήταν πολύ αγανακτισμένη εκ μέρους του.

Ο Ντάνιελ γέλασε. "Δεν ήθελα να σε αναστατώσω, αλλά νομίζω ότι έχεις δίκιο. Το έχω ήδη σκεφτεί. Απλώς δεν ξέρω τι μπορώ να κάνω. Θα πρέπει να δουλέψω, για να μπορέσουμε να παντρευτούμε. Πρέπει να κάνω σχέδια για τη μικρή Ντάνι".

Η Μάλι γέλασε. "Το σκεφτόμουν αυτό. Σπούδασες δίκαιο ακινήτων στη σχολή;"

"Βέβαια, συμπεριλαμβανόταν στις σπουδές μου, γιατί;"

"Άκουσα τον Μπομπ να παραπονιέται αρκετές φορές ότι έπρεπε πάντα να παίρνει δικηγόρο για κάθε νομική εργασία που γινόταν στις πωλήσεις. Στοιχηματίζω ότι θα του άρεσε πολύ να έχει τον δικό του εσωτερικό δικηγόρο". Η Μάλι τελείωσε αυτάρεσκα.

"Δεν ξέρω, Μάλι. Θα πρέπει να περιμένουμε μέχρι να ξυπνήσουμε και να το ελέγξουμε".

"Εντάξει", συμφώνησε η Μάλι. "Συμβαίνει κάτι άλλο; Η μαμά και ο Μπομπ δεν μπορούν να κρατήσουν τα χέρια τους μακριά ο ένας από τον άλλον. Είμαι σίγουρη ότι σύντομα θα αποκτήσω πατριό".

"Ο Ματ πρέπει να παρουσιαστεί αύριο στη βάση του και ο διοικητής του έστειλε ένα μεγάλο μπουκέτο λουλούδια. Μπορούσα να ακούσω την Κέιτι να τους τρέχουν τα σάλια".

"Μακάρι να μπορούσα να τα δω", είπε η Μάλι.

"Είναι απλά λουλούδια", απάντησε ο Ντάνιελ.

"Ντάνιελ Γκρέι, δεν υπάρχουν "απλά λουλούδια". Τα λουλούδια είναι μοναδικά και όμορφα. Κάνει την καρδιά σου να φτερουγίζει όταν παίρνεις ένα μεγάλο μπουκέτο με γλυκές μυρωδιές".

"Θα πρέπει να θυμηθώ να σου πάρω πολλά λουλούδια". Ο Ντάνιελ αναστέναξε. "Θέλω να είσαι ευτυχισμένη, Μάλι".

"Ω, Ντάνιελ, δεν χρειάζομαι λουλούδια για να είμαι ευτυχισμένη. Απλά χρειάζομαι εσένα".

Ο Ντάνιελ ένιωθε τα μάτια του να υγραίνονται. "Σ' αγαπώ, Μάλι. Είσαι ό,τι ήθελα ή χρειαζόμουν ποτέ".

Η Μάλι ένιωσε τα μάτια της να υγραίνονται. "Καληνύχτα, Ντάνιελ".

"Καληνύχτα, Μάλι."

~

Ο Χέρμαν και η Μαίρη επέστρεψαν λίγο πριν από τα μεσάνυχτα.

"Δεν χρειαζόταν να γυρίσεις απόψε, μαμά. Ο Μπράιαν και εγώ θα χαρούμε να μείνουμε. Γιατί δεν κοιμάσαι στο κρεβάτι σου απόψε;" Η Κέιτι έκανε έκκληση στη μαμά της.

"Προσπάθησα να την πείσω να μείνει σπίτι απόψε", κούνησε το κεφάλι του ο Χέρμαν. "Έπρεπε να επιστρέψει. Γιατί δεν πάτε εσύ και ο Μπράιαν να ξεκουραστείτε λίγο; Εσύ και η Μπάρμπαρα μπορείτε να πάτε κι εσείς, Ματ".

"Πρέπει να πάω τη Μπάρμπαρα σπίτι", είπε ο Ματ. "Θα πετάξω για τα κεντρικά το πρωί".

"Γιατί;" ρώτησε η Μαίρη. "Νόμιζα ότι είχες μια εβδομάδα".

"Το κάνω", εξήγησε ο Ματ. "Τηλεφώνησε το γραφείο του ταγματάρχη Ντέιβις. Θέλει να με δει. Δεν θα ξέρω γιατί μέχρι να φτάσω εκεί. Είδες τα λουλούδια που έστειλε ο ταγματάρχης Ντέιβις;"

"Ω, είναι πανέμορφα", είπε η Μαίρη και πήγε να δει από κοντά τα λουλούδια.

Η Κέιτι αγκάλιασε τους γονείς της. Ο Μπράιαν αγκάλιασε τη Μαίρη και έσφιξε το χέρι του Χέρμαν. "Καληνύχτα", είπε η Κέιτι. "Αν μας χρειαστείς, απλά τηλεφώνησε".

"Εντάξει", είπε ο Χέρμαν. "Καληνύχτα".

Ο Ματ καληνύχτισε την οικογένειά του και έφυγε με τη Μπάρμπαρα. Ο Χέρμαν και η Μαίρη εγκαταστάθηκαν για τη νύχτα.

Ο δεκανέας Τζέιμς τους περίμενε στην μπροστινή πόρτα. Όταν τους άφησε στο σπίτι, ο Ματ του είπε ότι έπρεπε να είναι στο αεροδρόμιο το πρωί. Ο δεκανέας Τζέιμς ρώτησε για τον προορισμό. "Θα πάω στο αρχηγείο", απάντησε ο Ματ.

"Λοιπόν, λοχαγέ, έχουμε μεταφορικό μέσο που φεύγει για το αρχηγείο στις οκτακόσιες οκτώ. Μπορείς να έρθεις μαζί μας αν θέλεις".

"Σίγουρα θέλω τη βόλτα. Ευχαριστώ", είπε ο Ματ.

"Εντάξει", είπε χαμογελώντας ο δεκανέας Τζέιμς. "Τα λέμε το πρωί". Με έναν χαιρετισμό, τον οποίο ο Ματ ανταπέδωσε, έφυγε.

Ο Ματ συνόδευσε την Μπάρμπαρα στο σπίτι. Στην πόρτα της σταμάτησε και την τράβηξε κοντά του για ένα φιλί για καληνύχτα. Ήταν και οι δύο ελαφρώς λαχανιασμένοι όταν τελείωσε το φιλί.

"Καλύτερα να πηγαίνω", είπε ο Ματ.

"Τηλεφώνησέ μου όταν μάθεις τι συμβαίνει", είπε η Μπάρμπαρα.

"Θα το κάνω", υποσχέθηκε ο Ματ.

"Καληνύχτα". Μετά από άλλο ένα γρήγορο φιλί, εκείνος γύρισε για το σπίτι και η Μπάρμπαρα μπήκε μέσα.

Ο Ματ χτύπησε την πόρτα του γραφείου του ταγματάρχη Ντέιβις και ένα λεπτό πριν από τις δεκατρείς εκατοντάδες ώρες. Όταν άκουσε το "Περάστε", μπήκε μέσα, στάθηκε προσοχή και χαιρέτησε τον ταγματάρχη. Ο ταγματάρχης Ντέιβις σηκώθηκε όρθιος και ανταπέδωσε τον χαιρετισμό του.

"Ανάπαυση, καθίστε, καπετάνιε".

Ο Ματ πήρε την καρέκλα που του υποδείχθηκε και κάθισε.

"Πώς είναι ο αδελφός σας", ρώτησε ο ταγματάρχης Ντέιβις.

"Δεν υπήρξε καμία αλλαγή, κύριε. Εξακολουθεί να βρίσκεται σε κώμα". Απάντησε ο Ματ.

"Λυπάμαι που το ακούω αυτό."

"Σας ευχαριστώ για τα λουλούδια. Η μητέρα μου τα λάτρεψε."

"Παρακαλώ. Το Σώμα των Πεζοναυτών είναι σαν οικογένεια. Είσαι πεζοναύτης. Αυτό κάνει τον αδελφό σου μέλος της οικογένειάς μας. Όταν μάθω ποιος δεν σου μετέφερε το μήνυμα της μητέρας σου, λοιπόν, ας πούμε ότι δεν θα ξανασυμβεί. Παρατήρησα ότι σου απομένουν δύο χρόνια από τη στράτευσή σου".

"Μάλιστα, κύριε", απάντησε ο Ματ.

"Σας είχε απομείνει ένας μήνας για την αποστολή σας στο εξωτερικό. Αποφάσισα να την επισπεύσω και να σε μεταθέσω πίσω νωρίτερα. Σκέφτηκα ότι θα ήθελες να είσαι πιο κοντά στην οικογένειά σου αυτή τη στιγμή. Ό,τι έχει μείνει στο δωμάτιό σας θα συσκευαστεί και θα σταλεί εδώ, όπου θα σας το διαβιβάσουμε. Σας ικανοποιούν όλα αυτά, Κυβερνήτη;"

"Μάλιστα, κύριε, δεν περίμενα να φύγω πριν ο αδελφός μου ξυπνήσει από το κώμα. Πραγματικά το εκτιμώ αυτό". Ο Ματ κάθισε περιμένοντας τι άλλο είχε να πει ο ταγματάρχης.

Ο ταγματάρχης μελέτησε τον Ματ για μια στιγμή πριν συνεχίσει. "Θα μπορούσα να το χειριστώ τηλεφωνικά, αλλά ήθελα να σε δω, πρόσωπο με πρόσωπο, όταν θα μιλούσαμε. Ήθελα να καταλάβεις ότι δεν είσαι σε καμία περίπτωση υποχρεωμένος να δεχτείς την πρότασή μου. Αν έχεις κάτι άλλο στο μυαλό σου, θα σε ακούσω και θα δω τι μπορώ να κάνω". Ο ταγματάρχης Ντέιβις έκανε μια παύση και έδωσε χρόνο στον Ματ να απαντήσει.

"Μάλιστα, κύριε", είπε ο Ματ. "Καταλαβαίνω".

"Έχεις σκεφτεί καθόλου τι θέλεις να κάνεις όταν τελειώσει η περιοδεία σου στο εξωτερικό;"

"Μάλιστα, κύριε, θα ήθελα να είμαι πιο κοντά στο σπίτι μου. Δεν ξέρω τι είναι διαθέσιμο, ακόμα. Δεν έχω ψάξει".

"Έχετε σκεφτεί να στρατολογήσετε;"

"Τι πρέπει να κάνει ένας στρατολογημένος;" ρώτησε ο Matt.

"Ένας στρατολόγος στελεχώνει το γραφείο προσλήψεων. Ταξιδεύει στα λύκεια και μιλάει στους τελειόφοιτους. Στήνει περίπτερα σε εκθέσεις εργασίας και απλά μεταφέρει το μήνυμα του Σώματος Πεζοναυτών στο κοινό. Πιστεύεις ότι θα σε ενδιέφερε;"

"Μάλιστα, κύριε, ενδιαφέρομαι. Πού θα σταθμεύσω;"

"Έχουμε έναν υπεύθυνο προσλήψεων που ετοιμάζεται να συνταξιοδοτηθεί για λόγους υγείας. Χρειάζεται αντικαταστάτη το συντομότερο δυνατό. Το μόνο πρόβλημα είναι ότι σας απομένουν μόνο δύο χρόνια για την κατάταξή σας και μία από τις απαιτήσεις είναι για πενταετή δέσμευση. Το γραφείο βρίσκεται στην πόλη που μένεις".

Ο ταγματάρχης κοίταξε τον Ματ, ο οποίος προσπαθούσε να συγκρατήσει τον ενθουσιασμό του.

"Λοιπόν, να ξεκινήσω τη γραφειοκρατία;" ρώτησε.

"Μάλιστα, κύριε, είμαι έτοιμη ανά πάσα στιγμή. Σας ευχαριστώ, κύριε."

"Εντάξει, θα ξεκινήσω και θα επικοινωνήσω μαζί σου σε περίπου μια εβδομάδα με κάποια χαρτιά για να υπογράψεις".

Ο ταγματάρχης σηκώθηκε και ο Ματ σηκώθηκε επίσης.

"Καλή τύχη, καπετάνιε".

Με έναν ακόμη χαιρετισμό που αντάλλαξε, απέλυσε τον Ματ από το γραφείο του.

Ο Ματ περίμενε μέχρι να βρεθεί έξω από το υπόστεγο, περιμένοντας το μεταφορικό να είναι έτοιμο να απογειωθεί, για να καλέσει τη Μπάρμπαρα.

"Γεια σας, αρτοποιείο Σμιθ", απάντησε η Μπάρμπαρα.

"Γεια σου, όμορφη. Σ' αγαπώ", απάντησε ο Ματ.

"Κι εγώ σ' αγαπώ. Έχεις δει τον ταγματάρχη;"

"Ναι, μόλις ήρθα από εκεί. Είμαι στο μεταφορικό τώρα, περιμένοντας την απογείωση".

"Λοιπόν", είπε η Μπάρμπαρα. "Τι ήθελε ο ταγματάρχης;"

Ο Ματ γέλασε. "Ήθελε να μου πει ότι επιτάχυνε την επιστροφή μου στις ΗΠΑ, ώστε να μην χρειαστεί να πάω στο εξωτερικό".

"Αυτό είναι υπέροχο!" αναφώνησε η Μπάρμπαρα. "Είπε τίποτα για το πού θα τοποθετηθείς μετά;"

"Ναι, αλλά θα πρέπει να σας το εξηγήσω όταν επιστρέψω. Το μεταφορικό μέσο είναι έτοιμο. Πρέπει να επιβιβαστώ. Σ' αγαπώ."

Ο Ματ έκλεισε το τηλέφωνο και βιάστηκε να επιβιβαστεί στο μεταφορικό μέσο. Αν το χαμόγελό του γινόταν πιο λαμπερό, θα μπορούσαν να το δουν να λάμπει σε όλη τη διαδρομή μέχρι το Ντέντον.

Η Μπάρμπαρα έκλεισε το τηλέφωνο και στράφηκε προς τη βοηθό της, τη Λούσι.

"Αν κρίνω από το χαμόγελο στο πρόσωπό σας, θα έλεγα ότι μόλις είχατε καλά νέα". είπε η Λούσι.

"Το καλύτερο", συμφώνησε η Μπάρμπαρα. "Ο Ματ δεν χρειάζεται να επιστρέψει στο εξωτερικό".

"Πού θα πάει;" ρώτησε η Λούσι.

"Δεν ξέρω. Έπρεπε να προλάβει το αεροπλάνο. Είπε ότι θα τα εξηγήσει όλα όταν επιστρέψει εδώ. Δεν μπορώ να περιμένω". Η Μπάρμπαρα αναφώνησε. "Τουλάχιστον θα είναι εδώ στις ΗΠΑ, όπου θα μπορούμε να βλεπόμαστε".

Έσπευσε στο πίσω δωμάτιο για να ελέγξει μερικά ντόνατς. Η βοηθός της χαμογέλασε επιεικώς.

Ήταν περίπου πέντε η ώρα όταν ο Ματ προσγειώθηκε πίσω στο Ντέντον. Έβαλε τον δεκανέα Τζέιμς να τον οδηγήσει κατευθείαν στο φούρνο της Μπάρμπαρα. Ήταν τόσο ενθουσιασμένος που δεν μπορούσε να περιμένει να κλείσει.

Η Μπάρμπαρα έτρεξε στην αγκαλιά του μόλις μπήκε στον φούρνο. Μετά από μια αγκαλιά και ένα πολύ ικανοποιητικό φιλί, η Μπάρμπαρα έγειρε πίσω στην αγκαλιά του και κοίταξε καλά το πρόσωπό του.

"Πες μου ότι έχεις καλά νέα", είπε.

"Έχω σπουδαία νέα", δήλωσε ο Ματ. "Θα τοποθετηθώ στο στρατολογικό γραφείο εδώ στο Ντέντον".

"Τι!" Η Μπάρμπαρα έσκουξε. Έριξε πάλι τα χέρια της γύρω από τον Ματ και τον έσφιξε δυνατά. "Αν ονειρεύομαι, σε παρακαλώ μη με ξυπνήσεις".

"Δεν ονειρεύεσαι. Ο ταγματάρχης Ντέιβις τακτοποιεί τη γραφειοκρατία. Το μόνο που έχω να κάνω είναι να υπογράψω και είναι μια τελειωμένη συμφωνία. Πρέπει να υπογράψω για τρία επιπλέον χρόνια, αλλά δεν με πειράζει αυτό".

"Αυτό θα σημαίνει ότι η θέση εργασίας θα είναι εξασφαλισμένη τουλάχιστον για τα επόμενα πέντε χρόνια", συμφώνησε η Barbara.

"Σημαίνει επίσης ότι μπορούμε να παντρευτούμε. Θα αρχίσουμε να κάνουμε σχέδια και να ψάχνουμε για σπίτι μόλις όλα υπογραφούν και ρυθμιστούν. Έχω ήδη μια κάρτα από τον Μπομπ Τζένκινς . Μπορούμε να του τηλεφωνήσουμε και να δούμε τι είναι διαθέσιμο".

"Είμαι τόσο ενθουσιασμένη που με δυσκολία το αντέχω", δήλωσε η Μπάρμπαρα . "Το είπες στους δικούς σου;"

"Όχι, ήρθα κατευθείαν εδώ. Από εδώ είσαι; Θα μπορούσαμε να τους το πούμε μαζί".

"Εσείς συνεχίστε. Μπορώ να κλείσω εγώ", είπε η Λούσι.

"Είσαι σίγουρη ότι δεν σε πειράζει;" ρώτησε η Μπάρμπαρα.

"Είναι μια χαρά, τώρα. Συγχαρητήρια."

"Εντάξει", συμφώνησε η Μπάρμπαρα. Έβγαλε την ποδιά της και έφυγε με τον Ματ για να πάνε στο νοσοκομείο.

Η Κέιτι και ο Μπράιαν έριξαν μια ματιά στα χαμογελαστά πρόσωπα του Ματ και της Μπάρμπαρα όταν μπήκαν στο δωμάτιο του Ντάνιελ και κατάλαβαν ότι είχαν καλά νέα.

"Λοιπόν, μεγάλε αδελφέ, τι συμβαίνει; ρώτησε η Κέιτι, καθώς κοίταζε από τον έναν στον άλλον "Αν εσείς οι δύο χαμογελάσετε πιο έντονα, δεν θα χρειαστούμε φως εδώ μέσα απόψε".

Ο Ματ τράβηξε τη Μπάρμπαρα πιο κοντά στο πλευρό του. "Αυτή η υπέροχη κυρία δέχτηκε να γίνει σύζυγός μου".

Η Κέιτι έσκουξε από χαρά και έτρεξε να αγκαλιάσει τη Μπάρμπαρα.

"Συγχαρητήρια", είπε ο Μπράιαν καθώς έσφιγγε το χέρι του Ματ και αγκάλιαζε τη Μπάρμπαρα. Η κραυγή της Κέιτι είχε τραβήξει την προσοχή της Μαίρης και του Χέρμαν από τον Ντάνιελ προς το μέρος τους. Κοίταξαν την Κέιτι περίεργα.

"Ο Ματ και η Μπάρμπαρα παντρεύονται", εξήγησε.

Η Μαίρη ήρθε και αγκάλιασε τον Ματ και τη Μπάρμπαρα. Ο Χέρμαν έδωσε επίσης τα συγχαρητήριά του και στους δύο.

"Δεν πρέπει να φύγετε σύντομα;" ρώτησε ο Χέρμαν.

"Γι' αυτό ήθελε να με δει ο ταγματάρχης Ντέιβις", εξήγησε χαμογελώντας ο Ματ. "Επιτάχυνε τη μετάθεσή μου και δεν χρειάζεται να επιστρέψω στο εξωτερικό. Θα μείνω στις Ηνωμένες Πολιτείες".

Υπήρξε άλλος ένας γύρος αγκαλιών και συγχαρητηρίων.

"Πού θα τοποθετηθείς;" ρώτησε η Mary.

"Αυτό είναι ένα άλλο μέρος των καλών ειδήσεων. Θα μετατεθώ στο γραφείο προσλήψεων εδώ στο Ντέντον".

Ο Ματ αγκάλιασε τη μαμά του καθώς εκείνη άρχισε να κλαίει. "Νόμιζα ότι ήταν καλά νέα", απάντησε ο Ματ.

"Είναι σπουδαία νέα. Είμαι πολύ χαρούμενος. Δεν μπορώ να μην κλάψω", δήλωσε η Mary.

Άρχισαν όλοι μαζί να μιλούν και ήταν τόσο χαρούμενη στιγμή που ξέχασαν για λίγο τον Ντάνιελ και το κώμα του. Ο Ματ και η Μπάρμπαρα έφυγαν για να πάνε να ανακοινώσουν τα νέα στην οικογένεια της Μπάρμπαρα. Η Κέιτι και ο Μπράιαν αποφάσισαν να πάνε να ελέγξουν τη Σύλβια. Η Μαίρη και ο Χέρμαν έμειναν με τον Ντάνιελ.

"Η οικογένειά μας μεγαλώνει", δήλωσε η Μαίρη.

"Ναι, θα είναι καλό να τους έχουμε όλους κοντά μας ξανά", είπε ο Χέρμαν.

"Τώρα, αν ο Ντάνιελ ξυπνούσε, όλα θα ήταν τέλεια", αναστέναξε η Μαίρη.

Ο Χέρμαν έβαλε το χέρι του γύρω από τον ώμο της Μαίρης. "Θα ξυπνήσει. Θα συμβεί", είπε με σφοδρότητα.

Η Μαίρη γύρισε και έθαψε το πρόσωπό της στο στήθος του Χέρμαν. "Δεν μπορώ να χάσω το μωρό μου", ψιθύρισε.

"Το ξέρω, το ξέρω", συμφώνησε ο Χέρμαν.

~

Ο Ντάνιελ είχε καλέσει τη Μάλι και συναντήθηκαν στην ιδιωτική τους παραλία. Μετά από έναν πολύ ικανοποιητικό χαιρετισμό κάθισαν με τη Μάλι να γέρνει πίσω στην αγκαλιά του Ντάνιελ.

"Τι συμβαίνει;" ρώτησε η Μάλι.

"Ο αδελφός μου, ο Ματ και η κοπέλα του, η Μπάρμπαρα,

παντρεύονται. Ο ταγματάρχης του τον μετέθεσε πίσω στις ΗΠΑ και θα διευθύνει το γραφείο στρατολόγησης εδώ στο Ντέντον. Όλοι είναι πολύ χαρούμενοι και γιορτάζουν".

"Αυτά είναι καλά νέα", είπε η Μάλι. "Δεν χαίρεσαι γι' αυτούς;"

"Ναι, χαίρομαι γι' αυτούς. Μακάρι να μπορούσα να ξυπνήσω και να γιορτάσω μαζί τους".

"Θα ξυπνήσουμε και θα έχουν και τον γάμο μας να γιορτάσουν". είπε η Μάλι καθώς αγκάλιαζε τον Ντάνιελ και προσπαθούσε να του φτιάξει το κέφι.

"Ανυπομονώ", δήλωσε ο Ντάνιελ. Τράβηξε τη Μάλι πιο κοντά του και ακούμπησε το πηγούνι του στο κεφάλι της.

"Ένιωσε η νοσοκόμα άλλη κίνηση από τα πόδια σας;" ρώτησε ο Ντάνιελ.

"Δεν το νομίζω. Αν είχε, δεν έχει πει τίποτα γι' αυτό". απάντησε η Μάλι.

"Νομίζω ότι θα με κατεβάσουν για άλλο ένα ηλεκτροεγκεφαλογράφημα το πρωί. Θα μείνω αυτή τη φορά και θα δω αν κάνει κάποια διαφορά", είπε ο Ντάνιελ σκεπτόμενος.

"Ενημέρωσέ με μόλις μάθεις κάτι", είπε η Μάλι.
"Θα το κάνω", υποσχέθηκε ο Ντάνιελ.

Ο Ντάνιελ και η Μάλι επέστρεψαν στα δωμάτιά τους νωρίς το επόμενο πρωί, ώστε ο Ντάνιελ να είναι εκεί όταν θα ερχόταν η νοσοκόμα για να τον κατεβάσει για άλλη μια εξέταση. Η Μάλι βρήκε την Ντάνα και τον Μπόμπνα ετοιμάζονται να κατέβουν στην καφετέρια. Η νοσοκόμα τους περίμενε να φύγουν για να κάνει το μπάνιο της Μάλι και να της κάνει μασάζ.

"Θα είμαστε κάτω στην καφετέρια", υπενθύμισε η Ντέινα.

"Εσείς οι δύο προχωρήστε. Όλα θα πάνε καλά εδώ", η νοσοκόμα τους οδήγησε έξω από το δωμάτιο της Μάλι.

Αφού έφυγαν, η νοσοκόμα ετοίμασε το νερό και το σαπούνι για το μπάνιο. Κάθισε τη λεκάνη στο κομοδίνο της

Μάλι και τράβηξε το σεντόνι προς τα πίσω για να ξεκινήσει το μπάνιο. Στη συνέχεια γύρισε για να φέρει το πανί. Όταν ο κρύος αέρας χτύπησε το δέρμα της Μάλι, εκείνη ανατρίχιασε. Η νοσοκόμα γύρισε πίσω με το πανί και παρατήρησε ανατριχίλες στο δέρμα της Μάλι. Χαμογέλασε.

"Αυτό είναι ένα καλό σημάδι", είπε.

Η νοσοκόμα έκανε γρήγορα το μπάνιο της Μάλι για να μπορέσει να την σκεπάσει. Στη συνέχεια αποκάλυψε τα πόδια της Μάλι και άρχισε να τους κάνει μασάζ. Τα έτριψε με λάδι και τους έκανε μασάζ, και στη συνέχεια άρχισε με τα χέρια της. Όταν τελείωσε, σκέπασε τη Μάλι και μάζεψε όλα όσα είχε χρησιμοποιήσει, καθαρίζοντας την περιοχή καθώς πήγαινε.

"Λοιπόν", είπε. "Είσαι καλός για άλλη μια μέρα. Νομίζω ότι βελτιώνεσαι. Δεν θα αργήσεις να με χρειαστείς". Χτύπησε το χέρι της Μάλι και, χαμογελώντας, έφυγε από το δωμάτιο.

Η νοσοκόμα ήρθε να πάρει τον Ντάνιελ για να τον κατεβάσει για το ηλεκτροεγκεφαλογράφημα, λίγο μετά το μπάνιο και το μασάζ. Η Μαίρη και ο Χέρμαν είχαν πάει στο σπίτι για να ξεκουραστούν και να καθαριστούν. Η Κέιτι και ο Μπράιαν ήταν εκεί. Περίμεναν στην καφετέρια όσο ο Ντάνιελ έκανε το μπάνιο και το μασάζ του, αλλά τώρα είχαν επιστρέψει στο δωμάτιό του. Παρακολουθούσαν καθώς η νοσοκόμα έβγαζε τον Ντάνιελ με το καροτσάκι.

"Πιστεύεις ότι ο Ματ θα έρθει σύντομα;" ρώτησε η Κέιτι.

Περίμενε στο σπίτι για να μιλήσει με τους γονείς σας πριν έρθει μέσα. Θα έρθει σύντομα." Την καθησύχασε ο Μπράιαν.

Η Κέιτι χαμογέλασε. "Η Σύλβια θα είναι τόσο χαριτωμένη με ένα μικρό φόρεμα για κορίτσια λουλουδιών".

"Καλύτερα να περιμένετε μέχρι να μάθετε ποια είναι τα σχέδιά τους, πριν κάνετε σχέδια για την αγορά φορεμάτων", δήλωσε ο Μπράιαν.

Η Κέιτι τον κοίταξε με κατσούφιασμα. "Δεν επρόκειτο να τρέξω και να αρχίσω να αγοράζω φορέματα. Θα μιλήσω πρώτα με τη Μπάρμπαρα". Τον ενημέρωσε.

Ο Μπράιαν σήκωσε το χέρι του. "Εντάξει, παραδίνομαι. Θα χαρώ να δω εσένα και τη Σύλβια με καινούργια φορέματα ανά πάσα στιγμή".

"Σ' αγαπώ", είπε η Κέιτι καθώς πλησίασε και έδωσε ένα φιλί στον Μπράιαν.

"Κι εγώ σ' αγαπώ", συμφώνησε ο Μπράιαν.

Περίμεναν στο δωμάτιο του Ντάνιελ για περίπου μία ώρα μέχρι να επιστρέψει.

Μετά από τριάντα λεπτά αναμονής μπήκε ο Matt.

"Καλημέρα", είπε η Κέιτι. "Πώς είναι η μαμά και ο μπαμπάς;

"Είναι μια χαρά. Μιλήσαμε για λίγο για τα σχέδια του γάμου και μετά ο μπαμπάς έπεισε τη μαμά να ξαπλώσει για λίγο. Κοιμόταν όταν έφυγα", απάντησε ο Ματ.

"Ποια σχέδια γάμου έχουν αποφασιστεί;" διερωτήθηκε η Katie. Ο Μπράιαν γέλασε.

"Οι γονείς της Μπάρμπαρα είναι μέλη της τοπικής λέσχης γκολφ. Θέλουν να κάνουν τη δεξίωση εκεί. Εμείς θα προσπαθήσουμε να κάνουμε την τελετή στην εκκλησία της μαμάς. Όλα τα άλλα είναι λίγο πολύ σε αναμονή μέχρι να πάρω τις παραγγελίες μου και να μπορέσουμε να ορίσουμε ημερομηνία. Τηλεφώνησα στην μεσιτική εταιρία του Μπομπ Τζένκινς σήμερα το πρωί και είπα στον Μπομπ να ψάξει για ένα σπίτι για εμάς. Όλα κυλούν ομαλά τώρα. Ελπίζω να παραμείνει έτσι".

"Λοιπόν", είπε η Κέιτι. "Τα συνόψισες όλα ομαλά. Θα πρέπει να τηλεφωνήσω στη Μπάρμπαρα για περισσότερες λεπτομέρειες".

"Μόλις σου έδωσα τις λεπτομέρειες", είπε ο Ματ μπερδεμένος.

"Άνδρες", γρύλισε η Κέιτι.

Ο Μπράιαν γέλασε ξανά με το βλέμμα του Ματ. "Απλά

ακολούθησε τη ροή, αδελφέ. Θα τα κάνεις όλα πολύ πιο εύκολα".

Ο Ματ δεν είπε τίποτα, απλώς κοίταξε την Κέιτι περίεργα. Στη συνέχεια σήκωσε τους ώμους του. Δεν επρόκειτο να αφήσει τίποτα να τον ενοχλήσει. Ήταν πολύ χαρούμενος.

ΚΕΦΑΛΑΙΟ 12

Η νοσοκόμα είχε φύγει όταν η Ντάνα και ο Μπομπ επέστρεψαν στο δωμάτιο της Μάλι, οπότε δεν είχαν την ευκαιρία να ρωτήσουν πώς ήταν η κατάσταση της. Η Ντέινα πήγε στο κρεβάτι της Μάλι. Πήρε το χέρι της και το έσφιξε.

"Μάλι, σ' αγαπώ. Σε παρακαλώ, ξύπνα. Θα μείνεις πολύ πίσω στα μαθήματα νοσηλευτικής. Ίσως χρειαστεί να πάρεις το υπόλοιπο του εξαμήνου και να ξαναρχίσεις το επόμενο", αναστέναξε η Ντέινα. "Δεν με ενδιαφέρουν τα μαθήματα. Θέλω μόνο να είσαι πάλι εδώ μαζί μας. Πρέπει να είσαι εδώ για το γάμο μου και του Μπομπ. Θα αποκτήσεις πατριό, Μάλι. Πρέπει να ξυπνήσεις και να μου πεις τι σκέφτεσαι γι' αυτό. Και ο Μπομπ σε αγαπάει. Θα γίνει ένας υπέροχος σύζυγος και πατριός. Σε παρακαλώ, Μάλι, γύρνα πίσω σε μας".

Ο Μπομπ έβαλε το χέρι του γύρω από τη Ντέινα και την κράτησε κοντά του. Εκείνη έστρεψε το πρόσωπό της στο στήθος του και έπνιξε τα δάκρυά της.

Ο γιατρός μπήκε στο δωμάτιο της Μάλι. Πήγε να ελέγξει το διάγραμμά της. Αφού το κοίταξε, ο γιατρός χαμογέλασε.

"Φαίνεται ότι ο Μάλι μπορεί να βγει στην επιφάνεια. Είχε μια αντίδραση στο κρύο σήμερα το πρωί. Φαίνεται ότι αρχίζει να συνειδητοποιεί όλο και περισσότερο".

"Αυτό σημαίνει ότι θα ξυπνήσει σύντομα;" ρώτησε.

"Σημαίνει ότι οι προοπτικές είναι πιο ελπιδοφόρες", απάντησε ο γιατρός.

"Δόξα τω Θεώ", απάντησε η Ντάνα.

"Ναι, πράγματι", είπε ο γιατρός.

Ο γιατρός τους άφησε με τις ανανεωμένες ελπίδες τους και κατέβηκε στο δωμάτιο του Ντάνιελ. Μπήκε στο δωμάτιο του Ντάνιελ και πήγε στο διάγραμμα του. Διάβασε το διάγραμμα και εξέτασε τον Ντάνιελ.

"Αυτό το ΗΕΓ ήταν πιο ελπιδοφόρο. Έδειξε περισσότερη εγκεφαλική δραστηριότητα. Ο θεραπευτής μασάζ του είπε ότι δεν υπήρχε πρόσθετη ανταπόκριση στα πόδια ή τα χέρια του, αλλά ανταποκρίνονται καλά στη θεραπεία. Δεν υπήρξε καμία επιδείνωση. Είμαστε αισιόδοξοι ότι θα αρχίσει να ανταποκρίνεται στα ερεθίσματα".

Με αυτά τα λόγια ενθάρρυνσης, ο γιατρός αναχώρησε.

Όλη η οικογένεια του Ντάνιελ ήταν συγκεντρωμένη στο δωμάτιο του Ντάνιελ και κάθονταν και μιλούσαν, κυρίως για τον γάμο της Μπάρμπαρα και του Ματ. Η Μπάρμπαρα είχε έρθει μαζί τους αφού είχε κλείσει τον φούρνο της. Ξαφνικά, οι συναγερμοί πάνω από το κεφάλι του Ντάνιελ άρχισαν να ηχούν.

Η νοσηλεύτρια εισήλθε στο δωμάτιο και ακολούθησε γρήγορα μια άλλη νοσηλεύτρια και στη συνέχεια ο γιατρός. Όλοι έσπευσαν στο κρεβάτι του Ντάνιελ και άρχισαν να δουλεύουν με τα χειριστήρια. Ο γιατρός έλεγχε τις καλωδιώσεις του. Όλοι προσπαθούσαν να βρουν ποιο ήταν το πρόβλημα. Η οικογένεια του Ντάνιελ βρισκόταν σε κατάσταση σοκ. Έμειναν πίσω από τη μέση και άφησαν τον γιατρό και τις νοσοκόμες να δουλέψουν.

"Ντάνιελ", φώναξε η Μάλι στο μυαλό της. Τον φώναξε ξανά, αλλά της φάνηκε σαν να υποχωρούσε όλο και πιο μακριά της.

Η Μάλι σηκώθηκε στο κρεβάτι με τα μάτια ορθάνοιχτα.

"Όχι", φώναξε. Έβγαλε τον ορό από το χέρι της και ξεκρέμασε τα καλώδια από πάνω της. Πετάχτηκε από το κρεβάτι της και, πριν προλάβουν να την φτάσουν η έκπληκτη Ντέινα και ο Μπομπ, βγήκε από την πόρτα και έτρεξε στο διάδρομο προς το δωμάτιο του Ντάνιελ. Μπήκε βιαστικά στο δωμάτιό του και προς έκπληξη όλων όσων βρίσκονταν εκεί, έσπευσε στο κρεβάτι του Ντάνιελ. Ανέβηκε στο κρεβάτι και καβάλησε τον Ντάνιελ. Παίρνοντας τους ώμους του στα χέρια της, τους κούνησε δυνατά. "Ντάνιελ Γκρέι, μην τολμήσεις να με αφήσεις. Ξέρω ότι μπορείς να με ακούσεις. Σ' αγαπώ. Πάλεψε για εμάς Ντάνιελ. Πάλεψε για την αγάπη μας. Πάλεψε, Ντάνιελ, πάλεψε." Διέκοψε αυτά τα λόγια με περισσότερα κουνήματα στους ώμους του.

Ο γιατρός έβαλε το χέρι του στον ώμο της Μάλι. "Πρέπει να κατέβεις από εκεί νεαρή μου κυρία", είπε.

Η Μάλι κοίταξε τον γιατρό πάνω από τον ώμο της. "Πάρε το χέρι σου από πάνω μου", γρύλισε. Στη συνέχεια αγνόησε τον γιατρό και γύρισε πίσω στον Ντάνιελ.

"Σε παρακαλώ, Ντάνιελ, πρέπει να παλέψεις για να επιστρέψεις. Πάλεψε για την αγάπη μας. Πάλεψε για το μελλοντικό μας κοριτσάκι. Πάλεψε Ντάνιελ." Με αυτά τα λόγια ακούμπησε το πρόσωπό της στο στήθος του και ξέσπασε σε δάκρυα.

Προς έκπληξη όλων στο δωμάτιο, συμπεριλαμβανομένης της Ντέινα και του Μπομπ που την είχαν ακολουθήσει από το δωμάτιό της, τα χέρια του Ντάνιελ άρχισαν να σηκώνονται μέχρι που εγκαταστάθηκαν γύρω από τη Μάλι.

"Μάλι αγάπη μου, γιατί κλαις; Τι συμβαίνει;" ψιθύρισε ο Ντάνιελ.

Η Μάλι έμεινε ακίνητη και κοίταξε τον Ντάνιελ, τα μάτια του οποίου ήταν ανοιχτά και την κοιτούσαν.

"Ντάνιελ, σ' αγαπώ". Άρχισε να ρίχνει φιλιά σε όλο του το πρόσωπο.

"Κι εγώ σ' αγαπώ, αλλά τι συμβαίνει;" ρώτησε.

"Δεν μπορούσα να σε ακούσω. Νόμιζα ότι σε έχανα". ψιθύρισε η Μάλι.

"Σου είπα ότι θα ήμασταν μαζί. Τίποτα δεν θα μας χωρίσει" απάντησε ο Ντάνιελ κρατώντας την πιο σφιχτά.

"Ντάνιελ", είπε η Μαίρη με δάκρυα στα μάτια καθώς έφτασε στο κρεβάτι του Ντάνιελ.

Η Μάλι μετακινήθηκε προς την πλευρά του Ντάνιελ, αλλά εκείνος την κράτησε κοντά στην αγκαλιά του.

Κοίταξαν γύρω τους την ομάδα των ανθρώπων που βρίσκονταν μαζί τους στο δωμάτιο. Η Μάλι έκρυψε το πρόσωπό της στο πλευρό του Ντάνιελ. Δεν είχε αντιληφθεί όλους τους ανθρώπους που βρίσκονταν στο δωμάτιό του. Η μόνη της εστίαση ήταν ο Ντάνιελ. Ο Ντάνιελ κοίταξε τον χαμογελαστό Ματ. Εκείνος του χαμογέλασε κι εκείνος.

"Γεια σου, Ματ, χαίρομαι που σε βλέπω. Συγχαρητήρια για τον αρραβώνα σας".

"Χαίρομαι που σε βλέπω ξύπνιο. Πώς ήξερες για τον αρραβώνα μου και της Μπάρμπαρα;" ρώτησε ο Ματ.

"Σας άκουσα να μιλάτε. Ήμουν εδώ, απλώς δεν μπορούσα να επικοινωνήσω", είπε ο Ντάνιελ.

Ο γιατρός πήγε στην άκρη του κρεβατιού. "Πρέπει να σας ελέγξω και τους δύο", είπε.

Ο Ντάνιελ κούνησε το κεφάλι του. "Ξέχνα το γιατρέ. Είμαι καλά και η Μάλι είναι καλά. Δεν πρόκειται να πάμε πουθενά. Μπορείτε να μας ελέγξετε αύριο. Έχουμε πολλά να πούμε".

Ο γιατρός το σκέφτηκε για ένα λεπτό. "Λοιπόν, όλα τα εργαστήρια είναι κλειστά για το βράδυ. Δεν υπάρχει πραγματικά κανένα πρόβλημα με την αναμονή. Θα βάλω τη νοσοκόμα να σας παρακολουθεί και τους δύο. Θα σας δω το πρωί και τους δύο. Αν υπάρχει κάποιο πρόβλημα, καλέστε τη νοσοκόμα".

"Θα το κάνω, γιατρέ", είπε ο Ντάνιελ.

Αφού έφυγαν ο γιατρός και οι νοσοκόμες, ο Ντάνιελ και η Μάλι κοίταξαν γύρω τους.

Η Μάλι είδε την Ντάνα και τον Μπομπνα κοιτάζουν έκπληκτοι.

"Γεια σου, μαμά. Γεια σου, Μπομπ, καλώς ήρθες στην οικογένεια. Χαίρομαι που εσύ και η μαμά είστε μαζί". Τους χάρισε και στους δύο ένα μεγάλο χαμόγελο. Έμεινε στο πλευρό του Ντάνιελ. Δεν υπήρχε περίπτωση να τον αφήσει, αφού παραλίγο να τον χάσει.

Η Ντάνα ήρθε στο κρεβάτι. "Ω, Μάλι", είπε η Ντάνα με δάκρυα στα μάτια. Κοίταξε επίμονα τη Μάλι για ένα λεπτό. "Ποιο κοριτσάκι;" απαίτησε.

Η Μάλι κοίταξε άπραγη για ένα λεπτό, και μετά άρχισε να καταλαβαίνει. "Μαμά, αυτό είναι το μόνο που κατάλαβες από όλα αυτά; Δεν υπάρχει κοριτσάκι, ακόμα. Είναι το κοριτσάκι που μου υποσχέθηκε ο Ντάνιελ αφού παντρευτούμε".

"Εσείς οι δύο παντρεύεστε;" ρώτησε έκπληκτη η Ντέινα, μια ερώτηση που αντηχούσε σε όλο το δωμάτιο.

"Φυσικά και είμαστε", είπε ο Ντάνιελ. "Αγαπιόμαστε".

"Δεν ήξερα ότι γνωρίζεστε", είπε η Ντάνα.

"Δεν το κάναμε", είπε ο Ντάνιελ. "Γνωριστήκαμε όταν ήμασταν σε κώμα".

"Πώς θα μπορούσατε να συναντηθείτε σε κώμα;" ρώτησε η Μαίρη.

"Αρχίσαμε να επικοινωνούμε μεταξύ μας επειδή δεν μπορούσαμε να επικοινωνήσουμε με κανέναν άλλο. Ξοδέψαμε το χρόνο μας για να γνωριστούμε καλύτερα", δήλωσε ο Ντάνιελ.

"Είμαι τόσο ευγνώμων στη Μάλι που σε έφερε πίσω σε εμάς", είπε η Mary με δάκρυα στα μάτια.

"Η νέα μου αδελφούλα είναι μαχήτρια", είπε ο Ματ χαμογελώντας στη Μάλι.

Η Κέιτι ήρθε μπροστά στο κρεβάτι του Ντάνιελ. Με δυσκολία έβλεπε μέσα από τα δάκρυά της. "Γεια σου, Κέιτι", είπε ο Ντάνιελ. "Χαίρομαι που βλέπω εσένα και τον Μπράιαν".

"Χαίρομαι που σε βλέπω ξύπνιο", είπε η Κέιτι. "Καλώς ήρθες πίσω." Έσκυψε μπροστά και φίλησε το μάγουλο του Ντάνιελ, έπειτα έσκυψε ακόμα περισσότερο και φίλησε το μάγουλο της Μάλι. "Καλώς ήρθες στην οικογένεια, μικρή αδελφή", είπε.

Η Μάλι της χαμογέλασε με δάκρυα στα μάτια. "Σας ευχαριστώ, ανυπομονώ να γνωρίσω τη Σύλβια", είπε. Η Κέιτι την κοίταξε με χαμόγελο.

Ο Χέρμαν ήρθε μπροστά και, σκύβοντας, αγκάλιασε τον γιο του. Χτύπησε τον Μάλι στο χέρι. "Σ' αγαπώ, γιε μου. Χαίρομαι που είσαι και πάλι μαζί μας".

"Κι εγώ σ' αγαπώ, μπαμπά. Χαίρομαι που επέστρεψα".

Ο Ντάνιελ κοίταξε γύρω του τους ανθρώπους στο δωμάτιο. Ήταν η οικογένειά του. Ήταν εδώ γι' αυτόν και θα ήταν πάντα εδώ γι' αυτόν και τη Μάλι. Ήταν μια σπουδαία ομάδα ανθρώπων.

"Σας αγαπώ όλους και θέλω να σας ευχαριστήσω όλους που ήσασταν εδώ για μένα και τη Μάλι, αλλά η Μάλι και εγώ χρειαζόμαστε λίγη ξεκούραση. Γιατί δεν πάτε όλοι σας στα σπίτια σας να ξεκουραστείτε στα δικά σας κρεβάτια. Μπορείτε να επιστρέψετε αύριο. Δεν πρόκειται να μείνουμε εδώ για πολύ. Δεν έχει σημασία τι πιστεύει ο γιατρός. Ξέρω ότι μόλις ξυπνήσαμε από το κώμα, αλλά δεν ήταν μια ξεκούραστη στιγμή. Είμαστε καλά, τώρα, καληνύχτα σε όλους.

Όλοι πέρασαν για να αγκαλιαστούν ή να σφίξουν το χέρι. Σύντομα, η αίθουσα άδειασε. Ο Ντάνιελ κοίταξε τη Μάλι. "Σ' αγαπώ".

Την τράβηξε κοντά του και βολεύτηκαν για την πρώτη

νύχτα μαζί σε ένα μαλακό κρεβάτι. Και οι δύο κοιμήθηκαν βαθιά, σύντομα. Δεν πρόσεξαν όταν η νοσοκόμα ήρθε να τους ελέγξει. Απλώς χαμογέλασε και τους άφησε να κοιμούνται. Αυτή ήταν μια ιστορία που θα έκανε το γύρο του νοσοκομείου για τα επόμενα χρόνια. Κάποιοι άνθρωποι μπορεί να μην την πίστευαν, μόνο όσοι πίστευαν στη μαγεία της αγάπης.

Αγαπητέ αναγνώστη,

Ελπίζουμε να σας άρεσε η ανάγνωση του *Η Μαγεία της Αγάπης*. Παρακαλούμε αφιερώστε λίγο χρόνο για να αφήσετε μια κριτική, ακόμη και αν είναι σύντομη. Η γνώμη σας είναι σημαντική για εμάς.

Με τους καλύτερους χαιρετισμούς,

Betty McLain και η Ομάδα του Next Chapter

ΣΧΕΤΙΚΑ ΜΕ ΤΟΝ ΣΥΓΓΡΑΦΕΑ

Με πέντε παιδιά, δέκα εγγόνια και έξι δισέγγονα έχω μια πολύ πολυάσχολη ζωή, αλλά το διάβασμα και το γράψιμο αποτελούσαν πάντα ένα πολύ μεγάλο και ευχάριστο μέρος της ζωής μου. Γράφω από πολύ μικρή. Κρατούσα σημειωματάρια, με τις ιστορίες μου σε αυτά ιδιωτικά. Δεν τις μοιραζόμουν με κανέναν. Ήταν όλες χειρόγραφες γιατί δεν μπορούσα να δακτυλογραφήσω. Ζούσαμε στην εξοχή και έπρεπε να γράφω κυρίως τη νύχτα. Οι μέρες μου ήταν απασχολημένες βοηθώντας τα αδέλφια μου. Βοηθούσα επίσης τη μαμά στον κήπο και στην κονσερβοποίηση τροφίμων για την οικογένειά μας. Παρόλο που ήμουν κουρασμένη, κατάφερνα να γράφω τις σκέψεις μου στο χαρτί τη νύχτα.

Όταν παντρεύτηκα και άρχισα να μεγαλώνω την οικογένειά μου, συνέχισα να γράφω τις ιστορίες μου, ενώ βοηθούσα τα παιδιά μου να περάσουν το σχολείο και να ξεκινήσουν τις δικές τους ζωές και οικογένειες. Η αδελφή μου ήταν η μόνη που διάβαζε τις ιστορίες μου. Ήταν πολύ ενθαρρυντική. Όταν η μικρότερη κόρη μου ξεκίνησε το κολέγιο, αποφάσισα να πάω κι εγώ στο κολέγιο. Είχα πάρει το GED μου σε προγενέστερη ημερομηνία και έπρεπε να παρακολουθήσω μόνο ένα μάθημα για να περάσω τις εισαγωγικές εξετάσεις για το κολέγιο. Πέρασα με άριστα και κατάφερα μάλιστα να πάρω και μερική υποτροφία. Έκανα μαθήματα πληροφορικής για να μάθω δακτυλογράφηση. Τα μαθήματα αγγλικών και λογοτεχνίας με βοήθησαν να τελειοποιήσω τις ιστορίες μου.

Διαπίστωσα ότι η δημόσια ομιλία δεν ήταν για μένα. Ήμουν πολύ πιο άνετη με τον γραπτό λόγο, αλλά η έρευνα και η συγγραφή των ομιλιών ήταν χρήσιμη. Μπορούσα να χρησιμοποιήσω πληροφορίες για να χτίσω μια ιστορία. Κατάφερα ακόμα να βάλω τη δική μου πινελιά στις εκθέσεις.

Τελείωσα το κολέγιο με πτυχίο και μέσο όρο βαθμολογίας 3,4. Είχα διάφορα βραβεία, όπως τη λίστα των προέδρων, τη λίστα των πρυτάνεων και τη λίστα του διδακτικού προσωπικού. Η σχολική εμπειρία με βοήθησε να αποκτήσω μεγαλύτερη αυτοπεποίθηση στο γράψιμο. Θέλω να ευχαριστήσω την καθηγήτρια Αγγλικών μου στο κολέγιο που μου έδωσε μεγαλύτερη αυτοπεποίθηση στο γράψιμο λέγοντάς μου ότι είχα καλή φαντασία. Είπε ότι αφηγούμαι μια ενδιαφέρουσα ιστορία. Η κόρη μου, η οποία είναι πολύ καλή συγγραφέας και έχει εκδώσει δικά της βιβλία, με έπεισε να εκδώσω κάποιες από τις ιστορίες μου. Τις δημοσίευσε μόνη της για μένα. Την πρώτη φορά που κράτησα ένα από τα βιβλία μου στα χέρια μου και κοίταξα το όνομά μου ως συγγραφέας, ήμουν τόσο περήφανη. Έτυχαν πολύ καλής υποδοχής. Αυτό ήταν αρκετή ενθάρρυνση για να με πείσει να συνεχίσω να γράφω και να εκδίδω. Από τότε χτίζω τη βιβλιοθήκη μου με τα βιβλία που έγραψε η Μπέτι Μακλέιν. Έγραψα και εικονογράφησα επίσης αρκετά παιδικά βιβλία.

Το να μπορώ να πληκτρολογώ τις ιστορίες μου μου άνοιξε έναν εντελώς νέο κόσμο. Η πρόσβαση σε υπολογιστή με βοήθησε να αναζητήσω οτιδήποτε χρειαζόμουν να μάθω και επέκτεινε την ικανότητά μου να συνεχίσω να γράφω τα βιβλία μου. Η εγγραφή στο Facebook και η δημιουργία φίλων σε όλο τον κόσμο διεύρυνε σημαντικά τις προοπτικές μου. Μπόρεσα να κατανοήσω πολλούς διαφορετικούς τρόπους ζωής και να τους ενσωματώσω στις ιδέες μου.

Έχω ακούσει το ρητό, προσέξτε τι λέτε και μην εκνευρίσετε τον συγγραφέα, μπορεί να καταλήξετε σε ένα βιβλίο που θα εξαλειφθεί. Είναι αλήθεια. Όλη η ζωή υπάρχει για να διεγείρει τη φαντασία σας. Είναι διασκεδαστικό να κάθεστε και να σκέφτεστε πώς μπορεί να αλλάξει μια σκέψη για να αναπτυχθεί μια ιστορία, και να παρακολουθείτε την ιστορία να αναπτύσσεται και να ζωντανεύει στο μυαλό σας. Όταν αρχίζω, οι ιστορίες γράφονται σχεδόν από μόνες τους, απλά πρέπει να τα καταγράψω όλα όπως τα σκέφτομαι πριν χαθούν.

Μου αρέσει να ξέρω ότι οι ιστορίες που έχω γράψει διαβάζονται και απολαμβάνονται από άλλους. Μου προκαλεί δέος να κοιτάζω τα βιβλία και να σκέφτομαι ότι εγώ το έγραψα αυτό.

Ανυπομονώ για πολλά ακόμη χρόνια να βάζω τις ιστορίες μου εκεί έξω και ελπίζω ότι οι άνθρωποι που διαβάζουν τα βιβλία μου ανυπομονούν να τα διαβάσουν το ίδιο.

Η Μαγεία της Αγάπης
ISBN: 978-4-82412-851-5

Εκδόσεις
Next Chapter
1-60-20 Minami-Otsuka
170-0005 Toshima-Ku, Tokyo
+818035793528

15 Μάρτιος 2022